十二码

宋潇凌 著

作家出版社

我不能告诉你所有的秘密，因为我的秘密还在生长。——诗人梅尔

目 录
CONTENTS

观音桥上没有观音

我站在观音桥上，茫然四顾。身前是繁华世界，身后是人声嘈杂。

没有观音菩萨，没有香客祈愿，没有佛光宝塔镇妖降魔。这里是摩登时尚的重庆第二大现代商圈。高楼林立，洋招牌铺天盖地，LV、HERMES、GUCCI 等等，这些招牌上的名称，拆成单个的字母，我都认识，但它们跟我没有关系，跟观音菩萨也没有关系。

那么，观音桥上为什么没有观音？

曾经，发生了一些什么事情，令观音桥上再也没有观音？

我下意识地四处张望，心想，如果这观音桥上有座庙，庙里有个观音菩萨，我一定会偷偷溜进去给菩萨磕头，向她求教。

因为，我遇到了一件奇怪的事。

就在刚才，我收到了一条微信短视频。当我打开观看时，信号不好，那个小圆圈非常缓慢地转着。我不想耗费流量，刚要关掉，它突然奋力一跳，打开了。

随即，出现一个年轻男人的背影，瘦高、纤长、陌生。他走在一片苍莽的山林间。草木繁茂，天色阴沉，有大团大团的浓雾在他身边飘浮。

隔着屏幕，我感觉到阴冷的湿气扑面而来。

那男人信步向前走，他始终没有转过脸来。忽然，在他前方，出现一个巨大的洞口，似怪兽的嘴巴，若隐若现地笼罩在浓雾中。那男人的身影一闪，不见了，似乎他被山洞吞噬了。就在这时，屏幕上跳出几个红色大字：十二背后。

十二背后？奇特，怪异，我不明白是什么意思。正疑惑着，屏幕上出现一行字：

刘方正，你认识这个人吗？你必须认识。来吧，十二背后，有你想要的一切！！！

三个巨大的惊叹号，如三记闷锤敲在我的脑袋上。

没错，我就是刘方正。但我不知道屏幕上那个男人是谁，我也不知道发来视频的人是谁，微信显示他叫"黑猪"。他姓朱？喜欢猪？或者是个像笨猪一样的男人？

不管怎样，很明显，这是个笔名。

我靠住观音桥的栏杆，暗自思忖起来：

朋友？我性格内向，少与人往来。有时候，在楼梯口看见等电梯的邻居，我也总是躲到一边，等他们走了，我再独自乘坐电梯。那些站在街头就能拍打着肩膀互诉衷肠的家伙，总是让我很羡慕。真不知道他们是怎么做到的。

贵人？不可能。像我这样的蚁族，每天忙得四脚朝天，只为赚口饭吃，手停嘴就停。哪个贵人瞎了眼，能透过我平凡的外表，看透我不凡的内在。

仇人？更不可能，我敢拍着胸脯对天发誓，自小到大，我没有欺负过任何人，更没有得罪过任何人。我不但没有伤害过人类，我连禽兽也是没有伤害过的。我没有杀过猪，宰过羊；我甚至没有杀死过一只鸡，或者一条鱼。

每当看见那些离群的孤雁，我就会心生怜悯，叹息说：雁，你不要啼了，我也是悲伤的呢。

看看，我岂止是善良，我简直是多愁善感的呢。

那么？这个"黑猪"到底是谁呢？

他没有头像，也没有任何朋友圈动态，除了这条视频，我对隐藏在暗处的"黑猪"一无所知。这个奇怪的家伙，他想干什么？

我脑子里飞快地思索着，下意识地向行人分发着小传单。如果可能，我真想挥动我的白翅膀飞进那视频里，扳过男人的脸看看，他到底是人是鬼。

是的，我没撒谎，我有一对翅膀，我是个天使。

不！准确地说，我正在装天使。

如你所见，此刻，我就站在观音桥上，身穿白大褂，背着两只巨大的白色羽毛翅膀，胸前斜挎一红色横幅，上书：天使送幸福。我作为一个假天使，面带微笑将小传单分发给迷茫的路人。

据小传单上所言，我们公司的保健品非常神奇，有病治病，无病延年益寿，美容养颜还能开发智力。衰老的，粉面如春了；秃顶的，长出满头黑发了；坐轮椅的，健步如飞了；身患绝症的，把死亡打败了……

总之呢，就是秦始皇当年梦寐以求的灵丹仙药，经过人类几千年的努力，终于被我们公司开发出来了。

你得相信，这事儿是真的。毕竟，现代科技都这么发达了嘛。

所以，我们公司老板非常富有，资产有四五个亿之多。他有豪华游艇，有私人飞机，还有五星级大饭店。当然，他还有很多个女人，黑皮的，白皮的，黄皮的，色系不同；明的，暗的，数目不详。

虽然我只是个给大老板打工的小喽啰，但我也有梦想：将来能变成有钱人。不过话说回来了，谁不想呢。

如果我有钱了，我有一系列的计划，比如去越南晒个太阳，去巴厘岛冲个浪，去台湾泡个妞儿，哎呀呀，不得了，那烟视媚行，那酥骨嗲语，一定安逸惨喽……

我这样一畅想，难免有点得意忘形，竟然把小传单塞给了路过的老丈人——米娜的父亲。

坏了！机智如我，也还是来不及了。

我看着他。他看着我。有两秒钟的定格，我们用眼神确认过彼此：是那货！

于是，我尊敬的泰山大人愣在那里。他挺着巨大的啤酒肚，瞪着我，眼神蠢萌，秃脑壳锃光瓦亮，像一枚被邪恶世界伤害的老男孩。

对他的反应，我表示理解。

因为在此之前，我一直骗他说我在外企上班。很久前的一天，我夹紧勾子坐在米娜家的破沙发边上，就是这样说的。当时，米娜她爸坐在我对面，像一只白毛的老狐狸，他狡猾的眼神紧紧咬住我的脸皮。我挺直脊背，补充说：是世界五百强的外企。

此刻，我还能说什么呢！

我垂下头，真想扇扇我的白翅膀，立刻飞走。

我终于明白了，飞翔不但是鸟类的梦想，更是我等鸟人的梦想！

我的老丈人一定是受到了严重惊吓，他喉结上下滑动，似乎在飞快酝酿一口老血喷到我的脸上。我等待着他的恩典。然而，他没有喷出血来，故作镇定地仓皇四顾，唯恐路人都是他的熟人。

他向我啐了一口唾沫，直挺挺地走了。

我贪恋着他的背影，他愈走愈远，身形越发高大，须仰视才见。

我突然想起朱自清先生的散文《背影》："父亲说，我去买几个橘子，你站在原地，莫动。"此刻，我的泰山大人，他内心一定在对我咆哮：狗日的，你站在原地，莫动！我去挖了你的橘子树！

啊！我的橘子树，挖不得！挖不得呀！

那是我写给米娜的一首诗，题目就叫《你是我的橘子树》。诗是这样写的：

　　……
　　你是我的橘子树
　　请你　把我的名字刻在树干上
　　衔着我
　　活下去　一直活下去
　　长翡翠的叶子　结黄金的果

　　在我死后
　　橘子树在长
　　我们的爱　也在长

　　长到天上去

　　从此　天上有了两棵树
　　一棵是桂花树
　　一棵是橘子树
　　……

好好的一首诗，不知道怎么就落到米娜她爸手里了。他经常拿出来温故知新，只为了我登门拜访时，用来嘲笑我。

我盯着老丈人的背影，不知如何阻止他的离去，就像不能阻止我的命运滑向深潭。

也许是上天听到我的祈求，动了恻隐之心，奇迹出现了。

当米娜她爸走过那一大片红地毯时，他停了下来。那红地毯上，有几个烈焰红唇的女子正在热歌劲舞，黑色的吊带小衫，短到大腿根的小热裤，白花花的胸脯和大腿，光芒万丈。再加上猩红的嘴唇，营造出令人心惊胆战的效果。对了，这种口红有个厉害的名字：斩男色。

但凡是个男人，都禁不住这小狐狸精的迷惑。

果然，我老丈人很顺利地就被拿下了。

那老家伙定在原地，欣赏着那群小妖精的兴风作浪，偶尔抽空瞥我一眼，似乎随时要一个回马枪杀回来，找我算账。

我决定直面当下，不当逃兵，做男人嘛，就要有担当。

我拽拽耷拉下来的白翅膀，继续分发我的小传单。其实，还有一个原因是，如果我现在逃之夭夭，会按误工处理扣两百块钱。

这个事情，对我来说，很大。

令我欣慰的是，一位小妖精缠上了我的老丈人。她滑着舞步旋到他身边，身上仅有的几片布条，不为遮羞，只为凸显她傲娇的胸脯和逆天大白腿。她只消一个眼风，我老丈人所有的戒备，就地瓦解。

我斜眼瞟着那货，已被小妖精迷得二麻二麻的。他乖乖地伸出手，交出心。于是，她温柔的小手，拉起他粗糙的大手，去了他该去的地方。

那个地方就在红毯一侧。

展示长台上，我们公司的保健品摆成了巍峨的金字塔。

长台前，十几位穿白大褂的年轻人垂手而立，笑容可掬，人人身上斜挎横幅。他们和我一样，都是装天使的，为上天遗落在人间的老年人送幸福。

我老丈人和一群白发老人踊跃挤在台前，其中有几个是我们公司花钱雇的托儿，负责烘托气氛，其余都是自愿上钩的鱼群。他们都有一颗长生不老的心，人人手里举着厚厚的钞票抢购保健品。

年轻的人们，老练地收钱。年老的人们，天真地欢笑。

一片欢乐祥和的景象！

眼见着，那不争气的货就要掉坑里了。

按理说，我应该拉他一把，不是吗？

正在这时，有两个人拉拉扯扯着来到我面前，我立刻松了一口气，欣慰地想：不是我见死不救，实在是，我顾不上呀。

我肯定是笑了一下，发自肺腑的。

一位中年男人，他一副活得够够的神情，满脸都是对这世界的不满。他拽着一位白发老太太向我奔来。

老太太踉跄着脚步，尖声嚷着："你个瓜娃子，砍脑壳的，再不给我买保健品，我就上法院告你不孝顺。"

这种情况，我见得多了。

这肯定是一对母子，儿子生活窘迫，试图阻止母亲买保健品，于是母子二人当街反目成仇。

儿子恶声恶气地说："你就是人拉着不走，鬼拉着飞跑！那都是骗人的。"

老太太不可能相信她儿子，在她眼里，所有卖保健品的都比她儿子亲，这个瓜娃子为了省点钱，巴不得老娘少活几年呢。她现在可是活明白了，再也不能为儿女活了。她斩钉截铁地回击道："不可能！这活动是国家关爱老年人办公室搞的。啷个会骗人！"

她说的没错，我们就是这么告诉她的。我们还说，她为国家奉献了一辈子，国家要爱护他们长命百岁。这些老头老太太很感动，眼泪一把鼻涕一把的。

中年人气得直跺脚，他冲过来一把抓住我："兄弟，你莫要冒皮皮，老实说，这保健品到底是真是假？"

我有点心虚，说："……也……也吃不死。"

"死"到嘴边，变成了"坏"。

中年人双手攥住我哀求道："我求你了，好兄弟，你莫要装疯迷窍，我老母吃保健品把房子都抵押了。你救救我全家，就说句实话嘛。"

我大惊，房子都抵押了，这是老糊涂了啦！

我双手遮住身上的天使横幅，责备道："嬢嬢，你越老越成精啊！自己孩子都祸害。这年头，赚钱就像鳖上树，花钱就像鳖跳湾，扑通一声，就没得喽，你……"

老太太一手叉腰，另一手猛然一挥，她眼含杀气，龇着牙，一字一顿道："你个瓜娃子，少废话，我就是要长命百岁！"我被镇住了，要不是稀疏的白发飘在她的头顶，我都以为她是为正义而战的女圣斗士。

我真是有点急了，真诚地说："嬢嬢，以我刚来这家公司几天的经验判断，就你4800买那玩意，跟3块钱一瓶的维C片，没差别！真的没差别！"

老太太和她的娃儿一起震惊地看着我，我安慰地拍拍那兄弟的肩膀，突然一股旋风扑过来，一记老拳打在我脸上。不待我反应，这母子二人已联手将我打倒在地。

天使，就这样陨落人间。

我的两只白翅膀被他们撕下来，扔在地上，在满天乱飞的羽毛中，一个男人的声音高叫着："狗日的，贼娃子，砍脑壳的，我拧断你龟儿的翅膀……"

我挣扎着想逃走，又有两个人冲过来，他们以恶狗啃泥的姿势将我按倒在地。继而，雨点般的拳打脚踢落到我的身上，如野兽的利齿胡乱撕咬。

一记拳头重重击打在我脑袋上，刺痛！恐惧！麻木！混合着巨大的眩晕袭来，我变成裹挟在山洪中的一截枯木，身不由己，一泻千里，向悬崖下直冲而去……

我跌入无边的黑暗中。

世界离我很远。我看不见，也听不见。恍惚中，有一个念头涌现：也许，我是要死了吧？

我心头一惊。不！我不能死！我死了米娜怎么办？

米娜是个好姑娘，除了有点二，爱钱，出口成脏，没别的毛病。

对了，我不能老在地上躺着，我约了米娜去买结婚家具，如果去晚了，她准得像爆竹那样，炸了！

我瞬间拥有了无比的勇气，我从地上跳起来，把那群人吓了一跳。

他们愣着，踌躇着，不知是该逃跑，还是再次冲上来。

我身后站着一个看热闹的棒棒哥（挑夫），我一把夺过他的棒棒，向那群人挥舞起来，棒头的红绳飒飒生风。

他们连连后退，屁滚尿流地跑了。尤其那个白毛嬢嬢，跑得比兔子还快。看那身手，活一百岁，绝对没问题。

天使潘扑扇着两只白翅膀向我跑过来，途中，他被自己的翅膀绊倒了。

天使潘是我同事，也是发小广告的。

他是天使潘。我是天使刘。还有个天使钱。天使钱身上从来不带钱，总是呕心沥血蹭吃蹭喝。

我们都有一对白翅膀。我们从来不飞。

"刘哥，你流血了，我送你去医院吧。"天使潘把我扶到一棵黄桷树边坐下。他的白翅膀沾了我的血，红得突兀，像未干的红油漆。

"老子才不去医院呢，头发捎断了，都得花好几百块。"我悻悻地抹了一把脸，手掌被染得血红。

天使潘掏出纸巾，帮我按住脸上的伤口。

一阵刺痛袭来，我生气地叫道："还有没有人管了啊！卖保健品的。买保健品的。就真的没人管了！"我掏出手机，开始给110打电话。

"你想把老板的老窝给端了？"天使潘兴奋地看着我。

电话拨通了，是一男警察的声音，年轻、干练、简洁。一种找到依靠的感觉，在我心底，油然而生。

我义愤填膺，向他举报说：警察同志，卖保健品的把人害惨喽！多少个家庭，夫妻反目、家破人亡。这个现象嘛，很不好。非常不好。严重影响了这个……家庭团结和那个……社会稳定。这股歪风邪气，必须严厉地、坚决地遏制，否则误国误民误了下一代……我叭啦叭啦地一通慷慨陈词，像个在台上发言的大领导。

没想到警察比我还幽怨，他连声叹息说："没得法！没得法！我家妈老汉儿（妈妈爸爸）还不是各种买买买。我周末回去看望他俩，屋里头一瞅，妈哟，狗日的保健品堆到天花板板上喽。沙发上没地儿搁屁股，床上没地儿抓瞌睡，地上连个插脚走路的缝缝儿都没得喽。好说，不听。歹说，给老子翻脸。没得法！没得法！"

我原本是报案的，结果跟警察唠起了家常。

我们惺惺相惜、情投意合，要不是他那边又接警了，估计我俩会约出来找个地方，喝点江小白，继续聊。

挂上电话，我默默地看着前方。唉！没得法！人人都想长命百岁，所以我们老板发家致富的速度，快赶上火箭升空了。

有一片叶子从黄桷树上飘下来，它惊慌地打着旋儿，忽而飘向东边，忽而又飘向西边，它留恋着大树，不肯离开。

可是，它死了，它再也回不去了。

就像一个人离开世界。那么轻易，那么偶然，随时随地都可能发生。

"刘哥，你想什么呢？"天使潘问道。

"……想起一个朋友，他特别怕死。"我笑笑，看着那片叶子，它终于落到地上，被一阵风卷走了。

"你跟她很熟？"

"嗯，挺熟，也……不熟吧。"

天使潘看着我的脸，挤眉弄眼地笑了："你在企图掩盖什么，呵呵，前女友吧？还藕断丝连着？"

"胡说！他是个男娃儿，纯爷们。"我瞪了天使潘一眼，说道，"那时，我和他都住在乡下，屋前屋后都种满了芭蕉树。每当起风的时候，芭蕉叶子沙沙乱响，他就吓得大哭，以为是天上的神仙来抓他了。"

"这个瓜娃子哈戳戳（傻乎乎）的嘛。"天使潘开心地笑了，催促我继续讲下去。

其实，我不是很愿意谈起满娃子，反正，也没谁能懂。但是，我不希望别人把他当成傻子。

满娃子不傻。真的。

那时，我住在乡下。

乡下总是下雨，植物便长得疯狂。我们的屋子都搭在山坡坡上，低矮、荒败，零散地躲在树棵子里，用棕毡搭的屋顶吸饱了雨水，随时会塌下来。

满娃子住在我家不远，中间隔着一片坝坝地，种满了瓢儿白。就是那种绿叶白梗的青菜。味道不好，吃起来，有点苦。

我和满娃子经常在一起玩，有时候，我去找他，有时候，他来找我。我们掏心掏肺，无话不说。

满娃子告诉我，他是童子命，跟我们凡人不一样。他爸曾找三个高人给他看过命。一个和尚，一个道士，一个观花婆，他们说的都一样。

说得最肯定的，就是那位胖和尚。他盘腿坐在蒲团上，满娃子他爸一报上孩子的生辰八字，他就闭上眼睛，掐指那么一算，盖棺定了论："童子命，妥妥的。"

至于满娃子在天上那会儿，是给神仙研墨的？掌灯的？或者是看管百宝箱什么的？那三个人都说不清，但这个命儿，是板上钉钉儿的。

"别瞎激动，一听说我是天上下来的，就以为是天降大任来掌管人间，或者是来享受荣华富贵的。"满娃子警告我，"其实童子命，不是什么好命，是来度劫的。"

用大白话说呢，就是有些小仙童小仙女，在天上犯了错误，被打入凡间，来受惩罚的。

对于这个命儿，起先，满娃子百般抵赖，不肯承认。

他爸照他后脑勺就是一巴掌，骂道："你娃莫犟。你一出生，脐带绕颈，差点没喽！三岁那年，长蛇身疮，差点没喽。四岁那年，偷吃花生米，有一粒卡住气管，又差点没喽！"

这些事儿，满娃子都不记得了。

满娃子他爸却记得很清楚，他对这个童子命，很有经验。因为这种命，都是一窝一窝地生。比如满娃子的大姑，小叔，还有他小表妹。他大姑美得像天仙女，被收走了。他小叔，俊得像小仙童，被收走了。他小表妹，精得头发梢都是心眼，也被收走了。

现在轮到满娃子了，满娃子不丑不俊不精，可是聪明呀。所以，也会被收走的。

满娃子他爸呷着旱烟袋坐在豌豆地里，寻思了一整天，终于想明白了。

家里那几个被收走的人，原来在天上时，肯定都是小伙伴，一起耍惯了，有一个下凡投了胎，另外几个就找来了。就像玩麻将的老搭子，三缺一，肯定不爽啊！

但是，满娃子他爸想不明白的是，别人一收，就走了。满娃子却屡收不走。那上边的组织，搞了三五次，都没得手。莫非是他在天上犯的罪太重，要多折磨几番才肯罢休？

就说四岁那次吧，满娃子明明已经被收走了，气断了，身子也凉了。家里人，哭也哭了，喊也喊了。结果，半道上，他狗日的，又溜回来了。

满娃子他爸记得很清楚。那天，满娃子被一粒花生米噎死了。他把孩子放进打猪草的背篓里，打算顺道背进山，挖个坑，埋了。

可是，天在下雨。雨一直不停，院子里积满了水洼。满娃子他爸不想出门，嫌泥巴弄脏了鞋子。

他就把背篓放在锅灶间的地上，那背篓装个死孩子，立不稳，翻倒在地上。

他爸看灶旁有个鸡窝窝儿，鸡窝窝儿边上有堆稻草，他就把满娃子扔在稻草堆上，上床睡觉了。

满娃子他爸睡到半夜，被唧唧哇哇的声音吵醒了。他爬起来，到锅灶间一看，他妈哟！几十只黄鼠狼正围着死孩子跳舞。鸡窝窝儿里的鸡公鸡母和鸡崽崽倾巢出动，列队趴在地上，顶礼膜拜。

估计周围十里八乡的黄鼠狼都来了。一只白毛的长者在啃满娃子的耳朵，啃得血了呼啦。满娃子大声咳嗽着，喷出了那粒花生，就又活了过来。

"你晓得不？要不是黄大仙，你娃早就没喽。"满娃子他爸习惯性地扇了一下儿子的后脑勺，顺势戳一下他的额头。

满娃子很不喜欢他爸这一点，说话就好好说话，干吗总是动手动脚。他又不是家里的小黑狗，高兴了，就搂在怀里给它挠痒痒；不高兴了，就一脚踢到屋外去，让冷冷的冰雨在它脸上胡乱地拍。

满娃子试探着跟他爸提出这一点，他爸的眼睛立刻瞪得像铜铃，摆出一副饿虎扑食的架势，喝道："老子又不是粗人，用你娃来教训！"

满娃子想想，也对，他爸是个文明人，人家说话总是文绉绉地呢。比如说："你晓得不""莫动""哪个敢乱讲""要不得"等等。这样一想，满娃子心里很乱，就说不出什么了。

四岁以前那几道坎，满娃子都不记得了。六岁时候的那一道坎，满娃子倒是记得清清楚楚。

那是一个秋天的傍晚，地里的玉米都收回了家，只剩下一些干枯的玉米秸站在地里，歪歪扭扭，像些丢盔卸甲的残兵败将。

满娃子在玉米地里游荡，为了搜索新鲜的玉米秸子。他剥掉上面的枯叶，把红绿相间的玉米秆放进嘴里啃，便有淡淡的甜味渗出来，在嘴里弥漫。这是乡下娃娃的糖。

他细品着玉米秸，闭眼想象着过年时吃过的水果糖，淡淡的，有一股腥味的甜，令他心满意足。

他埋头啃噬着半干的秸子，大口吐出白渣，那渣儿把他的脚背都盖住了。突然，有一阵窸窸窣窣的声音传来，他看见地边上有一个人影，飞快闪过。

那人影在玉米丛里穿行，时隐时现，似真似幻。

满娃子直愣愣地盯着那人影，喉头涌上一股甘甜，比水果糖还猛烈的甜，却夹杂着一丝血腥味。

在那个人影消失之前，满娃子恢复了意识，迅速而无声地跟了上去。

他满含热泪跟在那人身后，保持着不远不近的距离，不会被甩掉，也不会被发现。

满娃子必须跟住这个人，哪怕他每一步都像踩在刀刃上，他内心恐惧，而又甜蜜。因为那个人是他的父亲，已经失踪一年多的父亲。

现在，那个做父亲的人，突然回来了。如同一股妖风，不期而至。

满娃子的父亲风尘仆仆出现在屋门前，惊得鸡飞狗跳。

家里那只黑狗，不知道是装的，还是真没认出主人，冲他龇牙狂叫。满娃子他爸上去狠踢了两脚，送上一句古老的问候："我日你妈哟。"它就夹着勾子躲到一边哀嚎，不时偷偷瞅他一眼。

满娃子藏在屋角一大丛芭蕉后面，用芭蕉叶子挡住他尖尖的小脸。

满娃子他妈正坐在门边搓玉米棒子，这是她和孩子过冬的粮食。她看见自己的男人回来了，没吭声，低下头去，用更大的力气搓玉米棒子，搓得玉米粒四处横飞。

满娃子他爸走到她面前，站住，双手叉腰，瞪着她。

满娃子他妈不抬头，手也没停，继续狠狠搓玉米。

院子里的鸡鸭鹅感觉不妙，蹑手蹑脚躲在角落里，一声不吭。黑狗忍着疼，紧紧抿住了嘴巴。

满娃子他爸抬起脚，停顿了片刻，向地上使劲一跺。

满娃子惊得浑身一哆嗦，他身边的芭蕉叶子也跟着瑟瑟发抖。

"我娃活一天，我就不生第二个。"满娃子他妈不抬头，但她说话了。

"你铁了心？"满娃子他爸面无表情。

"嗯！你走嘛。"满娃子他妈点头，重重地。

"你不后悔？"

"嗯！你走嘛。"

"那我跟别的女人生？"

"嗯！你走嘛。"

满娃子他爸突然伸手抓住老婆的肩膀，把她提溜起来，摇晃着骂道："你个瓜婆娘！犟种！童子命活不过十八岁啊！"

"我娃活一天，我就不生第二个。"女人牙坚口硬。

满娃子他爸嘴巴瘪了瘪，猛地一把将女人搂进怀里，哽咽着，骂道："臭婆娘，砍脑壳的，咱娃有救啦！"

他在女人耳边低语着。然后，两人就激动地紧紧抱在了一起。

满娃子跌坐在芭蕉丛里，热泪像蚯蚓在脸上乱爬。他用双手盖住脸，竭力不让自己哭出声来。

他知道，他俩说的是自己，自己就是童子命。

接下来，满娃子他爸卖掉了房子，得到了一笔巨款。他用所有的钱请来了一位大师，为满娃子改命。

大师做了一场隆重的法事后，面露喜色说："别让孩子看见白色，只要九九八十一天不看见白色，这命就改成了。"

满娃子他爸欣喜若狂，虽然借住在邻居废弃的旧屋，他还是像捡到了金元宝。

他借钱买来了整卷整卷的黑布。墙壁变成了黑色。窗帘变成了黑色。被子床单变成了黑色。全家人的衣服都变成了黑色。

养了八年的白猫，变不成黑色，被扔进了深山老林。它恋家，两个月后，在一个月黑风高的夜晚，它终于跑了回来，挠着门嗷嗷哭泣。

满娃子他妈闭着眼睛杀害了它，并剁下了四爪，怕它的魂魄再跑回来。

九九八十一天快到了，只剩下最后三天，满娃子他爸买了长长一串鞭炮，挂在门前的黄桷树上，只等最后那一刻来临，噼里啪啦炸开满天的阴霾。

有一天早晨，天刚蒙蒙亮，突然呼啦一声，狂风吹开了朽烂的木棂窗。

满娃子被惊醒了。

他抓住翻飞的黑窗帘，探头向外一看，只见白茫茫一片大地，真干净。

下雪了。

屋顶是白的，大地是白的，树木、山川，所有的一切，都被罩上了白色。

雪还在下着，轻盈的雪花，满天飞舞。

真是稀奇。重庆是很少下雪的，满娃子像陷入一个白色的梦中，喃喃道："下雪了！下雪了！"一片雪花落到他的舌尖上，是凉的。

满娃子他爸从睡梦中惊醒，他从床上弹起来，像一粒子弹射了出去。

满天飞舞的雪花中，满娃子看见他爸赤裸裸——不，他穿着一条黑色短裤，跪在白茫茫的大地上，号啕大哭。

他的热泪，把身下的白雪融化了一小片。

米娜和创可贴

我把我的爱车——一辆红色奥迪 Q3 停在旧货家具市场门前。

你没看错，小哥我开奥迪。虽然到我这儿，它可能倒了 18 次手了，可那也是奥迪，不是奥拓。

我的姑娘米娜，总是跟我很般配。我刚买了辆奥迪车，她就买了个芬迪包，当然，假的。她还即兴赋诗一首：开奥迪，背芬迪，注定不走寻常路。

我对她那个包包挺嫌弃，芬迪，芬迪，听着像坟地，有点不吉利。因为我的朋友满娃子，我挺忌讳这个。

我跟米娜提过这层意思，她骂我一脑子封建迷信，还警告我要跟满娃子断绝往来。她是这样骂的："那个短命的烂贼，成天里装疯迷窍，是个男人，站起死，立起埋，怕个屎嘛。"

米娜不喜欢满娃子，但米娜不知道满娃子背后也说过她的坏话。他是这样说的："那个女娃儿，懒屎子得很！成天躺在床铺铺上，头不梳，脸也不洗，就是一个抱鸡母。也没得品位，出个门，就打扮得花花臊臊。羞死仙人哩！"

唉，我能说什么，一个是我最好的兄弟，一个是我最爱的女人。

我靠在车上等米娜，眯眼瞅着半空的太阳，都说太阳和人心不能直视，眯着眼睛就能。不信你试试，眯起眼睛直视太阳，再多的光芒都不能伤你。

我心里飞快盘算着：二两老妈抄手12块，一个煎蛋3块，加油50，还有创可贴……咦，我下意识地摸摸伤口上的创可贴，摸起来，手感涩涩的，有着异样的诱惑。

是的，诱惑！我内心深处涌过猛烈的悸动，瞬间，有精虫上脑的澎湃。

我没撒谎，因为每次做爱时，米娜都会用创可贴把她的两个乳头贴上。

我一看她把乳头贴上了，我就很激动，像火山，不停地喷发。

她一定是故意的，她喜欢和我缠绵悱恻。

我们做爱，从黄昏，到日出，不知疲倦，无法停止……

嗯，这不大好，光天化日的，其实吧，我是个本分人。

况且，这个本分人刚刚还被群殴了一顿。就算我摸了创可贴，有了一些生理反应，也不应该是愉悦的。我的肉体，应该很痛苦，对吧？

再说了，每个创可贴一块钱，我一下子就贴了三个，米娜那么大手大脚的人，每次也就贴两个。

妈哟，花钱如洪水！我吸口凉气，也许，当初我选择来人间发展是错误的。

更丧的是，我作为一名人类扮演的天使，在今天，竟然跟另一群人类扮演的上帝斗架，导致白翅膀上的毛，全被薅掉了。

于是，老板把我开除了。为了赔偿那些薅掉的毛，那个资产好多亿的家伙还扣了我五天工资。

要知道，这份工作，我才刚刚干了七天。

对此，我有什么好说的呢，满娃子早有定论：就当是天使路过人间吧，东耍耍，西耍耍，反正待不长。

我真的干啥都不长。送快递、卖房子、修理汽车、卖啤酒，等等吧，干一行，烦一行。我也挺烦自己的，可是，我拿自己没办法。

我妈总是忧心忡忡地看着我，说："你龟儿，以后可咽个活哟！"

我的习惯性说辞是："泥鳅黄鳝，连脚脚爪爪都没得，也没见饿死。况且我一个大活人。"

她就不担心了，又欢天喜地的，每天和张三李四王家花婆子把机麻搓得昏天黑地，好像她随便表达一下担心，就算尽了义务。

当然，就算她啥也不表达，我也必须装得正气满满。因为没人喜欢一个垂头丧气的家伙。

丧，意味着衰神附体。

我才不丧呢！我才不衰呢！我……我是微笑天使，我是宇宙战士，我是正能量爆满的小太阳，照到哪里，那里亮。

嘀、嘀，我的手机响了，掏出来一看，是一条微信视频，是……"黑猪"发来的。

又是"黑猪"啊！

视频里，那个瘦高的男人又出现了，他走在郊外的一条小路上，身边是大片矮山茶，开着白色的花朵，有几只黑色的乌鸦在山茶树棵子间跳来跳去，似乎在传递某个不吉的消息。

这一次，那男人还是背对着我，直到走进一大丛繁茂的琼花后面。

琼花还有个名字叫"聚八仙"。

这男人隐入琼花丛,难道要做第九个神仙?只给我留下一个惊鸿般的背影。

视频后的文字是这样说的:

> 刘方正,你相信吗?在这个世界上,一定有另一个你,在做着你不敢做的事,在过着你想过的生活。

呵呵,这"黑猪",还把宫崎骏扯进来了。

难道是我的诗友?

哼,又想骗我去写诗。拜托,我已经戒啦!我答应过米娜,要洗心革面踏实做人,远离那些扯淡玩意儿。

……

嗒嗒嗒,一阵高跟鞋的声音传来,是我的姑娘米娜来了。

米娜穿着花裙子,一脸傲娇,扭着她风情万种的小蛮腰,款款走来。

"妈哟,你龟儿被狗啃了嘛!"米娜走到我面前,审视着我的脸。

"你应该多跟人类打交道,就能了解狗的友善。"我不想谈这事,含糊其词地应付她。

"你仙人板板,吃饭垒个尖尖儿,打架梭个边边儿,你娃儿就是个尿包。人家胆大的,骑龙骑虎,你龟儿,就敢骑个抱鸡母,点点儿竞争意识都没得。"米娜劈头盖脸一顿骂。

别看她用了一连串的叠词,什么"尖尖儿""边边儿""点点儿",听起来像撒娇卖萌,其实她真是在气急败坏地骂我。

我们大重庆嘛，就这样，不分男女老少，贵贱美丑，说话一律用叠词。这不难理解，我演绎一下，你就明白了：

一大早起床，你老母会亲热地问你："龟儿，想吃啥子吗？吃个粑粑嚯。"

到了学校，上化学课，你偷偷把酒精灯点着了。老师跳脚大叫："日你妈哟，盖盖盖。"

放学了，你刚走出楼道，上面扔下一堆杂物。你破口大骂："哪个宝器，往老子头上甩渣渣，到处都是瓜子壳壳和纸飞飞。"

憋着一肚子气，你坐在街头打算涮个火锅，胳膊上文着青龙白虎的老板上来问你："小哥哥，你吃葱葱不？新鲜的菜菜，都有！"你一拍胸脯，叫道："老子要吃嘎嘎（肉），哪个要吃菜菜嘛！"

总之，情况就是这么个情况。我们大重庆人民就要不分青红皂白地卖萌耍宝，树林不叫树林，叫"树子林林"；没穿衣服，不叫裸体，也不叫赤身，叫"打光董董"。

"你娃儿脑壳少包嘛！为啥子不去接我？"米娜对着我脑袋扇了一巴掌，打断了我的深度思考。

我叫苦不迭地嚷起来："哎呀，我的乖乖，一脚油门5毛钱，一脚油门5毛钱，那嘉陵江大桥堵得像截盲肠，接你一趟，得费好多油钱嘛！"

"你龟儿就那么爱钱！你以为你是王八，能活一万年！"

我摊摊手，很无辜，不是我爱钱，我烦钱。真的，可烦它了，可是哪儿哪儿都需要钱呀！

我突然盯着米娜瞪大了眼睛，质问道："你又买了个包包？你都有两百个包包了。你那个'坟地'蛮好嘛。"

米娜立刻火起，骂道："妈蛋！房价咽个高，道路咽个堵，像你这种瓜娃子啷个多，老子还不能买个假名牌让自己高兴高兴嘛！"

我乖乖闭嘴，好——吧！顺势看清，她这次换了个假驴牌（LV），跟她倒是挺般配。

我息事宁人地搂住米娜的肩膀，向市场大门走去。

米娜抬头看见醒目的大牌子：旧货家具市场。她的狗脸马上变了，一把甩开我，质问道："刘方正，你啥子意思哟？房子是二手的，车子是三手的，现在这家具，你打算给老子买四五手的吗？你凭啥子弄一堆破烂二手货，就想娶个一手的好姑娘。"

米娜是个聪明的女娃儿，她总能直击事物本质。

好吧，我承认，我就是想空手套老婆。

所以我用戏谑掩盖我的无耻，调侃道："要不……你先随便找个人嫁了，等离婚了，把自己弄成二手的，我再接盘！"

"你龟儿说出这样的话，就不伤心吗？"米娜恨恨地盯着我。

"万箭穿心，习惯就好。"

"妈蛋，你这头死猪，已经不怕开水烫了。"

"对，生活就是一瓢热水，让这一瓢热水，来得更猛烈些吧。把我的毛浇透了，皮烫烂了，浑身的浊气冲刷得干干净净，我这肉身也就珍贵了。"我继续嬉皮笑脸。

米娜吸一口冷气，她定定地看着我。

"来，女士，请你和生活一起，合伙把我榨干吃净。"我继续嘴贱。

米娜吸了一下鼻子，眼中似有泪光闪烁。她低头去包里掏东西，一准是找面巾纸擦眼泪。

我马上掏出我的"心相印"牌纸巾递上去，那上面有颗鲜红的心，是我喜欢的调性。我每次给爱人递纸巾，都感觉把心撕给了她。真的，挺高尚的。

米娜不接。她掏出手机，拨通一号码，冷静地说："妈，你再也不用担心我了。我跟那货分手了！"

我举着"心相印"站着，米娜转身就走，我这才意识到她说的"那货"是我本人。

这可不行，我们准备下个月办婚礼，这节骨眼上怎么能分手呢。虽说生米早已煮成了熟饭，但盛到自己碗里，才是阶段性胜利。

我快步上前，搂住她的肩膀，她一把甩开，退后两步，冷静地说："忍了好久，终于说了。"

我说："宝宝，你冷静。"

她说："老刘，你节哀。"

米娜一扬手，一辆出租车就出现在她身边，好像她会变魔术。

日他妈哟，我也真是服了，她平常打车，运气从没这样好过。

眼看米娜坐上出租车，越走越远，我急忙上了我的奥迪，恨不得插翅追上去。我的坐骑却像个幸灾乐祸的看客，它嗞嗞啦啦地嘟囔着，不肯行动。

我抬头再瞅，那辆出租车早已不见了踪影。

我恼恨地一拳砸在驾驶台上，砰的一声，副驾驶座位前的小抽屉弹开了，一盒安全套滚落出来。

我把它扔回去，它又兴奋地弹了出来。我诅咒道：蠢货！这不是你表现的时刻！

我没有追到米娜，她的手机也关掉了。

两天后，我去了米娜家，想跟她爸妈解释一下这事儿。

她爸那只白毛老狐狸从门缝里看着我，红光满面，眼神灵动，宛若焕发了第二春。

我向门缝里插进一只脚，我看见脚上开了胶的破运动鞋，陡然勇气倍增。我要强闯民宅，没有谁能阻挡一名屌丝保卫爱情的决心。

突然，房门洞开，一条黑影凌空扑来，是她家的德国黑背。

这货嘶吼着，冲我张开血盆大口，完全不念及往日情分。

我撒腿就跑，像惊惶的麻雀。心里骂道：杂种！老子对你有恩，你吃了我多年火腿肠啊！

我逃到米娜家楼下，靠住一棵银杏树喘息。

满街都是匆匆而过的行人。我的心太乱，像跌碎在马路上的一只薄皮西瓜，汁液四溅，再也收拾不起来了。

两天两夜，我独自躺在出租屋的破床上。

我不想出门，不想见人，不想说话，不想吃东西，世界离我越来越远，我是破床上的一缕灰尘，与巨大的虚无融为一体。

我明白，是抑郁情绪，它又来了。每个月，总有一些这样的时候，它强行闯入，像烧杀抢掠的强盗。它霸占我的身体，侵蚀我的意志，干掉我的活力，把我与世界分离，企图让我变成彻底的抑郁症患者。

我对它的嘴脸，看得很清楚。我对它的意图，保持高度警惕。

于是，我用正能量对抗它。我劝慰自己：刘方正，你的生活，很温暖！很阳光！很快乐！你有无穷无尽的力量和勇气！我还鼓励自己：哥儿们，挺住！开心是活，悲伤也是活，既然如此，何不开心地活呢！

可——是！开心个尿毛啊！我有什么好开心的呢！

我已被忧伤湮灭，我的忧伤是汪洋大海，我如铅块正飞快沉入海底。就在这时，"老阴天"来电话了，他义正词严地警告我，必须对他负责任。

"老阴天"是我爸。他有一张沉甸甸的老脸，潮湿得能拧出水来。

我就没见他笑过，也许他是打算把他的一生，变成漫长的雨季，淅淅沥沥下一辈子。

鉴于目前的形势，这种可能性很大。因为，米娜她爸已向"老阴天"宣告两国——不，是两家正式断交。

几天前，他们还是亲家。现在，他们已变成了仇人。据说"老阴天"受到了严重的羞辱与伤害，我必须对此事负责到底。

于是，我哼着小调打开了家门，我哼的是杨坤的《无所谓》：

> ……无所谓，谁会爱上谁，无所谓，谁让谁憔悴，有过的幸福，是短暂的美……破碎就破碎，要什么完美，放过了自己我才能高飞，无所谓，老子无所谓……

我龇牙咧嘴地唱着这首悲歌，嗯，无所谓，真他妈好。

突然，一群红色不明飞行物扑过来，劈头盖脸打在我身上、脸上……我愣着，看大红喜字请柬纷纷坠落在地上。我的腮帮子火辣辣地疼起来，肯定是被我的结婚请柬划了几道血口子。

"老阴天"冲过来，一张老脸像浸满脏水的破布，他咬牙切齿大声骂道："废物！你还敢回来！"

我妈跑过来，紧张地说："小声点，莫让邻居听到。"

她一脚踩在请柬上，发出吱嘎一声响，吓得她立刻后退一步，缩起身子。她总是这样，像只刚探出洞口的老鼠，东张西望，惊慌失措，似乎随时准备逃之天天。

"哼……哼……哼！他还要脸啊！他还有脸啊！看看他那些同学，是个人都比他强！""老阴天"的一声冷笑断成好几截，也许，他认为这样比较有杀伤力。

怎么说呢，"老阴天"这人吧，总是缺乏客观性。

于是，我说："我的同学中确实有比我强的，有一个创业成功的，正走在上市路上。有一个移民海外的，坐拥豪宅娇妻。还有一个著书立传的，天天在电视上装13。当然了，还有一个自杀的，一个出家的，一个在疯人院的。我认为，重点应该说说后三者。"

"你……你是要活活气死我啊！"他激烈地咳嗽起来，憋得面红耳赤。

"老阴天"这点很不好，他很擅长自己拉弓对自己射箭，这属于自残，跟我没关系，我得解释一下。

"放心，我很可能死在你前边。我一出门，就撞上一大货车。我一抬头，楼上就砸下一花盆。我一咳嗽，就查出来肺癌。早死早投生嘛！我这就去死。"我语气平静。

"老阴天"呆呆瞪着我，无语。

我很欣慰，转身离去，顺势一脚踢飞地上的请柬。请它们都见鬼去。

我妈扑上来，拉住我的胳膊，又回头胆怯地看着她丈夫。她太难了！总要在两个男人之间做单项选择题。

"……你看我干啥！让他去死！""老阴天"跺脚冲他的女人吼道。

我挣开我妈，冲出门去。就听见她尖锐的声音在走廊里回荡："阿正……阿正啊，你爸让你走路小心点，你爸让你躲着车……"

我脚步不停，顺着楼梯飞奔而下。

要是能变成一只蝴蝶一头撞死在墙上，倒也干净。

我看见我的影子，在墙上晃来晃去。像另一个我，要挣扎着离我而去。

我奶奶说过，如果人和他的影子合在一起，人就死了。

我很害怕和我的影子合在一起。小时候，我总是拼命地四处奔跑，一边跑着追风，一边看我映在地上的影子。

奶奶说：你怕没有用，人落胎那天，就跟死绑在一起了。

其实，我是知道的，怕没有用。

可我还是想知道，死亡何时何地将以什么样的方式出现？

难道冥冥中真的有一个主宰，由他来决定人的生死，就像抛硬币，如果他抛出正面，活着。如果他抛出反面，死去。

……

有一个人顺着楼梯迎面向上走来。

他穿着快递公司的工作服，头上戴着头盔，胳膊套着护腕。呵呵，这是一个真怕撞死的人。

对了，我为什么要去卖假药呢？我应该当快递小哥呀，公司发了头盔，我也不戴。我骑着摩托车，在车流中撒着欢地嘚瑟。谁看我不顺眼，就把我撞飞，撞碎，撞得灰飞烟灭……

等等，在这之前，我得给自己买份巨额保险。借钱也要买。受益人就写米娜。

到时候，让她一手抱着巨额赔偿，一手抱着我的遗像，痛哭去吧。哈哈，想想，我就开心。

"哎，你302的吧？"快递员与我擦肩而过时，他说话了。他的声音从头盔的玻璃罩后发出，怪怪的。

我置若罔闻。此时此地，我并不想做个亲切的人。

他从挎包里掏出一封特快专递："你的，签个字。"

我扫了他一眼，像我这样的身份，一般不会收到如此正式的邮件，有什么是一条手机微信说不清的呢。包括调情，包括分手，包括约炮。

我抓过笔潇洒签字，随手一甩，那笔就飞到我身后去了，嗖的一声，像发射了一枚暗器。

快递员呆立原地不动，他的目光如被困的苍蝇在玻璃罩上乱扑。

我想起扔掉的是他的笔，内心一喜，像个神经病一样哈哈大笑起来。

快递员肯定被我吓坏了，他转身就走，仓皇间，他的身子重重碰在楼梯栏杆上，他逃一般飞快溜走了。

真是聪明人，这年头，邮差被痛扁的概率并不低。前几天，各大自媒体还在疯狂转发一新闻，有一快递小哥被客户打成了植物人。

那可怜的家伙，躺在床上，身上插满管子，他的脑袋被包扎成一只大白茧，只露出两只迷茫的眼睛，似乎在无语问苍天：为什么？我不就送了个快递吗？至于吗？

我随手拆开邮件，掏出信来，只有薄薄一张纸，上面是打印的黑体大字：

刘方正，5月10号赶到十二背后，你将得到200万。
不要怀疑！不要问为什么！也不要告诉任何人！

末尾署名"黑猪"。又是"黑猪"。

我下意识地后退一步，靠在墙上，顿时，脑子里空空如也。

与十二背后有关

重庆，一座立体感强烈的现代大都市。

灯火辉煌。

高楼错落林立。

多条大桥壮观似火龙，腾空飞旋。

繁华大街上，车流如织。

闪烁迷离的霓虹灯影里，琳琅的店铺，火红的灯笼，美女身影婀娜多姿……

夜色温凉，我在长嘉汇。

在我身后，嘉陵江与长江交汇处，朝天门如一艘巨轮停泊在江湾中，气势磅礴。无数高楼依傍而起，闪烁的霓虹灯火映红了半江水。江面微波暗涌，似乎隐藏着无数的秘密，欲言又止。

长嘉汇二楼美食广场，我独坐在角落里。

桌上摆着一份木桶鸡，四五只空的青岛啤酒易拉罐。以前我只喝瓶装，或者喝江小白，无他，省钱。

现在，不一样了，我是个隐性富翁。

据那封神秘来信透露，我很快就有 200 万了。

一切都跟十二背后有关。

今天下午，我求助了度娘。度娘是这样答复我的：

十二背后旅游风景区——中国旅游的最后一把匕首。位于贵州绥阳，占地 600 平方公里。

匕首？够霸道！

600 平方公里？够震撼！

这到底是一个怎样神奇的所在？

据说，十二背后的双河洞是"中国第一长洞"，也是"世界最长的白云岩洞穴""世界最大的天青石洞穴"。经过中法洞穴专家 30

年联合科考，截至目前，已探明双河溶洞群相连总长度为200.427公里，跻身世界十大名洞。

它不是一个洞，而是由200多个分洞组成的溶洞群。可谓洞挨洞、洞连洞、洞上有洞、洞下有洞、洞中套洞，是名副其实的地下洞穴迷宫。

难道，这就是传说中的盘丝洞？

我想到那些千年的蜘蛛在此修炼，终成人形，思了淫欲，待唐僧老哥经过时，捉到洞里去玩耍。害得二货青年悟空上天入地，好一番折腾。

如果我进入这洞中，会有怎样的一番奇遇呢？

没准也会有蜘蛛精、鲤鱼精、蛇仙之类的小妖精，化成美娇娥，来向我表白呢。

如此这般，甚好！

但愿这般，极妙！

我将不反抗，不挣扎，不矫情，半推半就，欲拒还迎羞解衣地从了她。如此想来，人生怎一个美字了得！

不止如此，度娘还告诉我。在十二背后，还有一条大地缝。一个被隐藏7亿年的神秘所在，一个被美伤害的地方。它位于北纬30°唯一一片生态完整的原始森林。幽深难测，亘古以来，人迹罕至。只留下令人生畏的传说：有人说大地缝下有十二条岔道，有人说有十二口深潭，还有人说深沟下转了12道弯，可上达天庭，下通地狱……

总之，度娘以她一贯不负责任的态度，泥沙俱下，对我实行海量信息大轰炸，这成功引起了我的注意。

我蠢蠢欲动，去翻找前面那两条视频。可是文件显示已无法观看。难道被"黑猪"删除了？

我看着"黑猪"屏蔽的朋友圈，急得挠墙，像面对一处洞口被隐蔽的藏宝地。

我向上滑，在他微信的封面，是一大片绿色的山林。我盯着那绿色看，终于看出来了，这个封面就是第一段视频的拍摄地。

恍惚间，那个瘦高的背影又出现了，他走呀走，一直走向远方。

那片绿色微微晃动起来，如风过水面，涟漪荡漾，迅疾化成巨大的漩涡，将我吸附进去。我激灵一下，定了定神，努力让自己稳住。

也许，改变命运的机会，就这样来了。

我从兜里掏出一枚硬币，郑重地清清嗓子，闭上眼睛，在手心摇了摇，心里念叨着：尊敬的上帝耶稣观音菩萨土地大老爷，求求你们赶紧组团来指点迷津吧。

我抛出硬币，接住：正面！去？！

我再扔一次，接住：反面！不去？！

连续几次，竟然"去"和"不去"的次数是一样的。

哎，我说，各位神仙，你们到底几个意思呀，咱统一思路行不？

我连续抛出硬币，它在夜色中飞起、落下，银光闪闪……忽然天幕异动，星星闪烁起来，满天粉色的钞票雪花般纷纷飘下来，将我淹没在钱堆里，我奋力向钱堆外滚爬着，惊恐又甜蜜。

不远处，几个青年男女喝得手舞足蹈，他们吆喝着高声划拳：门前嘉陵江，喝酒如喝汤，骑个烂摩托，八方找老婆。

众人欢呼着挤成一团，高喊着：找老婆！找老婆！

一漂亮的幺妹输了，她撸起袖子，一手叉腰，一手举着啤酒瓶仰脸畅饮。啤酒顺着嘴角流到脖子上，她一歪头，伸出粉色的舌头舔着啤酒沫，惑媚的眼风四处乱飞。

她尖声笑起来，人浪笑，驴浪叫。那德性，像极了米娜。

我心念一闪，也不知道米娜此刻在哪里寻欢作乐？

似乎是看破了我的心思，桌上的手机嘀嘀响了一声，是米娜？我千呼万唤的姑娘呀。

我马上抓起手机，打开，却瞬间呼吸停止，是……那头"黑猪"！

"黑猪"发出指令，文字显示：十二背后，双河客栈。

手机啪的一声跌在桌子上，我的手突然虚弱地抓不住它。它变成一条跃出水面的鱼，银亮的身影耀花了我的眼。我张开双手扑向这条鱼，死死地攥住它，听见它在我手里发出吱吱的叫声。

我颤抖着打出一连串的疑问：你是谁？你想干什么？你怎么知道我？

没有回音。

再也没有回音。

那条鱼跃入水中，隐进无边的黑暗。

第二天一大早，天刚蒙蒙亮，我就被一个梦惊醒了。

这是一个彩色的梦。

梦境是这样的：无边的暗夜。幽蓝的微光。一堆又一堆的胡萝卜散落在地上。

米娜弯着腰在拔胡萝卜，那胡萝卜须叶碧绿，颜色金黄，大小如莲藕。她扬起胡萝卜给我看，我走上前去，米娜的脸突然变成一只猫脸。这猫凌空而起，瞬间变成一庞大的猛虎，张着血盆大口向我扑来，利齿一口咬住我的喉咙……

……

我从床上惊坐而起，抚着胸口喘了许久，才平息了狂乱的心跳。

我快速回想了一下梦境，希望从中得到神启。

这梦，貌似吉祥。却又恍若不祥。

还是找周公姬旦来解梦吧。希望这位远古高人能看出此梦端倪。

周公旦是这样告诉我的：宜欠债肉偿。宜挑拨国际关系。宜穿碎花三角裤。宜迟到早退。宜怀疑人生。

嘁，连这老哥也越来越不正经了。

当然，也可能《周公解梦》本来就是后人假借周公之盛名所做，不必过于当真。

我从床上爬起来，匆匆赶去慈云寺找观音菩萨，据说那里的灵签非常准。

时辰尚早，慈云寺里并无香客，只有几个和尚在清扫地面，他们神情淡然。

我先在大殿敬过三炷香，双膝着地跪拜观音菩萨，而后向一边的功德箱投了十元钱。

我边投钱，边在心里跟菩萨商量说：菩萨，你别嫌少，只要你保佑我这次发了大财，我保证好好报答你，我一定会给你重塑金身。

我悄悄抬头瞄了菩萨一眼，她似笑非笑从上而下俯视我，也不知道这意思是答应了，还是没答应。

我退到一边去抽签，从一位老和尚手中抽出观音菩萨第二十四签。上面赫然写着：吉凶宫位，下签巳宫。

下签！我内心一沉，暗自后悔，刚才应该多给菩萨送点钱。

再看那签诗：不成理论不成家 / 水性痴人似落花 / 若问君恩须得力 / 到头方见事如麻。

哎呀，"水性痴人似落花"，肯定不吉利啊！

再看下面释意：家宅，不安。自身，险。求财，阻。交易，难。婚姻，待时。田蚕，多灾。六畜，多难……

我吸一口凉气，打起精神继续向下看。此签对应的典故是殷郊遇师。

殷郊是商朝纣王之子，拜广成子为老师。三年后学得法术，下山时曾向广成子宣誓，不帮纣王干坏事，往投靠文王。不料半途受人唆使，回家协助纣王。师父前往劝他，置若罔闻，师徒大打出手。后来姜子牙和燃灯道人，把殷郊夹于两山之间，被广成子铲死。以回应他（殷郊）当初发的誓言。

我一时不知如何是好，捏着那张签纸，木然出了大殿，一屁股跌坐在殿外的石头台阶上。

进寺的香客慢慢多了，他（她）们三三两两从我身边走过。

我看着他们进入大殿，恭敬地跪拜、磕头，而后抽出自己的命运。每个人都神情肃穆。不知道他们有没有抽到理想的命运。

在我旁边不远，有一棵古老的菩提树，枝叶繁茂。

一位年轻的布衣僧人正在扫地，他气定神闲，一副置身世外的神情，只有手里的扫帚在不紧不慢地挥着，唰，唰，似乎他可以这样扫一辈子。

我缓步上前，合掌施礼说："师父，打扰了，我能否请教您一个问题？"

年轻的僧人把扫帚靠在怀里，合掌还礼，不卑不亢地说道："施主请讲。"

"这儿离神最近，为何我仍然感到害怕？"

"你怕的，是自己种下的因。"

我看看周围的人："为何他们都不怕？"

"他们跟你一样，皆怕。"

我一脸迷惑。

僧人淡淡看我一眼："你怕穷。"

我一惊，无语。

"他怕死；那个人，怕没有爱；还有那个人，他怕饿，怕没有名声；你再看那个人，她怕不漂亮，怕老，怕孩子没出息……众生皆怕！"僧人看向众人。

"那我怎样才能不怕？"我追问。

"不恋就不怕，放下就不怕。"

"……我现在放下，还来得及吗？"

"你种下玉米，怎能指望收获麦子。"

僧人施礼，继续扫地。

我怅然看着扫帚在地面缓缓扫过，唰——唰——

一声低沉的钟声"当"地传来，我一颤，下意识地攥紧了手中的灵符。

从慈云寺出来，我直接去找米娜，决定带她去十二背后。也许正像那僧人说的："你种下玉米，怎能指望收获麦子。"

既然躲不过，我决定直面十二背后的那个秘密。

更重要的是，200万，对我这样的人来说，绝对是笔巨款。

那么，我到底是个怎样的人呢？

举个例子来说吧，比如，我每天早餐标配一袋康师傅，两吃。

一半干啃，一半红烧。我每天标配一根烟卷，用笔画上线，进行四等分，写上：早、中、晚、夜。每次我都是小口小口地嗫，嗫大了，尼古丁超标，也费钱。小口嗫，我的一整天都有亮点。

看出来了吧，我是个讲究人。有想法。有梦。就是条件有限。

所以，我的人生，空间很大。如果这200万到手了，绝对能焕发出璀璨的光芒。

想到此，我意气风发地走在大路上，步伐自带弹性。我会带上米娜，与她一起见证这伟大的时刻。至于这背后的秘密，只字不提，并非刻意隐瞒，而是我还不知道如何解释。

米娜和迪迪妹同住，我们已经好几天没见面了，她拒绝见我，也不许迪迪妹给我开门。我动用了点手段，以一顿老码头火锅买通迪迪妹，在她佯装出门时，强行闯入。

迪迪妹被我简单粗暴地关到门外，她很会演戏，假惺惺地边挠门边尖声骂我混蛋，而后迅速消失。

米娜正靠在沙发上用美容棒按摩脸。女人真是奇怪的动物，她们坚信按摩能使胸变大，却能使脸变小。

同样荒谬的还有，她们一边给脸蛋补水，一边穷尽洪荒之力去水肿。

此刻，这个奇怪的物种看见我，一脸不屑，似乎我是飞进来的一只苍蝇，是否打死，全看她心情。

我向她走去，途经一张橱柜，那上面倒扣着一个小镜框，我把它翻过来，摆正，里面镶着我和米娜的大头照，笑得像两个傻瓜，嘴巴咧到了嘴角。

橱柜上还躺着两个30厘米左右的木偶人，陈旧、污浊。我对他俩很熟悉，高的是男的，胸前写着我的名字——刘方正。矮个的是女的，胸前写着另一个名字——米娜。

不同的是，女木偶完好无损。男木偶却体无完肤。他的胳膊和腿上缠着白胶带，胸口碎了一个洞，这是"老阴天"下的黑手。

那天的情景，我仍然记得。

是高三下学期，我和米娜还是两名中学生，四肢发达、天真有邪。我们坐在书桌前学习，桌边贴墙的位置，码着高高的课本和复习资料。

在这堆书本之上，坐着我刚买来的两个木偶人。他们体型优美细长，皮肤干净纯洁，宛如天使。

这两个小人并肩坐在书堆上，垂着纤长的美腿。他们没有面部表情，这很好，我不必探究他们笑得真实，或者哭得虚伪。更让我满心欢喜的是，他们所有的关节都是活动的，可以随意变换形状。

我瞄着那两个小人，就像看着我和我的姑娘米娜。曾经在三四岁的时候，我以为自己是天使。想干啥，就干啥。想飞哪儿，就飞哪儿。长大后才发现，我不过是个木偶，被看不见的命运之线牵着。

我拿过那两个木偶人，扭动他们的关节，弄成男偶搂着女偶的姿势，让女偶的脑袋靠在男偶的肩上。

米娜抢过女偶，把她的脑袋扭到一侧，竖起一只手，改成不理男偶的样子，摆回去。

我们俩都不甘心被对方摆弄，嬉闹着争抢两个木偶人，把他们的关节扭得咔咔乱响……

突然，房门轰的一声被推开，"老阴天"挟一股妖风闯进来。

他抢过我手里的男偶使劲砸到地上，男偶顿时被摔得四分五裂，他顺势抬脚踩去……

我冲上前一把推开"老阴天"，他踉跄着连退几步，顺势把桌上的书扫翻在地上。

而后，他终于抵着墙站住了，瞪着血红的眼睛再次向我冲来，我一抡胳膊，他就轻飘飘地倒在地上。

在我十八岁的那年，我的父亲"老阴天"就这样倒在满地狼藉之中，仇恨地盯着他的儿子。他的儿子也以同样的仇恨，与他对峙。

屋内，死一般的静寂。

米娜把那两个木偶人和地上的碎片揣进包里，悄无声息地走了。

从此，那两个木偶人就生活在米娜的身边。她把男偶残破的身体拼凑起来，用胶水和绷带加以固定，他还可以站在女偶的身边，但是再也不能把关节扭得吱嘎乱响了。

……

此刻，看到这两个木偶人，我不禁心绪纷乱。我先把女偶摆正，然后，才有勇气去扶那个男偶。他脸朝下，趴在那里，似乎已死了很久，也许命门之处已被插上毒针。

我内心寒凉，做好被毒舌妇诅咒的准备，吸一口冷气，翻过男偶的身子，还好，并没有银针锁喉扎心，也没有被画了圆圈打红叉，我心头一热，差点泪目。

怀着劫后余生的心情，我把两个小人儿摆好，姿势亲昵，尽量弄成冰释前嫌的样子。

米娜旋风般冲到我身边，顺势一扬巴掌，我下意识地闭上眼睛等着，她一巴掌将俩小人儿扇翻在桌面上。

我心头再次热流涌动，抓住她的手，我决定了，如果我能拿到那200万，我决不换女人，一定跟她好好过日子。也许，我还会把钱交给她保管，当然，要看她表现。

我把米娜推倒在沙发上，她一脸羞辱，作出即将遭受强暴的欲拒还迎状。

按照以往，接下来，我应该以摧枯拉朽之势把她玷污了。一炮泯恩仇，马上就能和好。

但是今天，我没有。说实话，我们在一起好几年了，做爱已经跟爱没什么关系了，只是做而已，就像埋头收割一片麦子。

况且，眼下我有正经事要做。

我从包里拿出那封特快专递，双手献上去，恭敬地说：“娘娘，请息怒。”

米娜愣了一下，因为情节没有按照预期发展，她火冒三丈，一巴掌打飞信件，骂道：“少来这套！妈蛋！情人节，你献首诗。清明节，你献首诗。临到分手了，还他妈来首诗。我真是够够的。”

我盯住她的眼睛，默默地说：“你会后悔的。”

她龇着白牙，像某种锐齿的小兽：“滚！”

米娜起身欲走，我再次把她扑倒在沙发上，诚恳地说：“就算要分手，也先出去玩一趟。否则，我做鬼都不会放过你。”

米娜上下审视我，似乎我是刚从地里长出来的一棵怪树，上面结满了未知的果实。

我们盯着对方的眼睛，都想看到后面的东西，然后展开了下面这一小段对话。

我说："咱们结婚吧。"

米娜说："结个锤子。"

我说："那就来一场分手之旅。"

米娜说："你想死吗。"

我说："分手了，我就不省钱了。"

米娜说："你龟儿脑壳少包。"

我说："那我和别的女人花。"

米娜（跳起来）："信不信老子抽你两耳屎（耳光）。"

我说："那咱俩花完，散伙！"

米娜说（恶狠狠地）："要得！"

沟通是有效的，毕竟一起厮混了这么多年。

我太知道米娜的软肋。她曾威胁我，要是敢给别的女人花一分钱，她就打爆我的猪头。

我也曾向她表达衷心：万一我们分手了，不用客气，把我榨干吃净，一分钱也不留给别的女人。

米娜完全同意。她说："你龟儿再穷，苍蝇腿也是肉嘛。"

看，我们就是这么臭味相投。

谁见过爱情

初夏的山野，苍翠葱茏，崇山峻岭间，梯田层层叠叠，如一幅浓墨重彩的油画。

我开着奥迪小红车向着远方，飞奔。

一张 CD 被推进播放器，音乐响起，热烈激扬。

蔡依林唱着《桃花源》：

······我熟悉的孤独，突然间跳起舞，说它知道在心的深处有个国度（爱的国度），铺满花瓣的路，水晶房屋清澈微甜的湖，就算只是短暂经过都觉得幸福······这是我的恋爱大冒险，开始浪漫又危险的诗篇······

我随着音乐兴奋地摇头晃脑，这姓蔡的妹子唱得真好，只要她开口，我就像一根火柴，不等她打火，就自燃了。

米娜抱着双臂，不时飞我一个白眼。

车子拐过一道弯，眼前突然出现大片油菜花，金色的花海，漫山遍野、一泻千里。花海连着蓝天，耀眼的金黄色，澄澈的宝蓝色，辉映出梦幻般的美。

米娜从车窗探出头，大叫："停车，快停车！"

我把车子停在一处坡顶，尚未停稳，她已飞身扑下，如蝴蝶蹁跹在花海中。她的头上戴上了花环，她的胳膊戴上了花串，她粉色的脸庞，比所有的花朵都娇艳，此刻，她是我的花仙子。

我跟在米娜身后，用相机抓拍。她对着镜头摆出种种造型，趁她高兴，我摁动快门，说："别分了，宝宝，我会对你好的。"

米娜换了一个造型，不假思索地说："你快算了吧，咱俩都好八年了，每次我家旺财看见你还汪汪叫，这说明什么？这充分说明它就没把你当家人看。"她摆出嘟嘴卖萌的造型，红唇诱人。

这姿势很性感，我赶紧抓拍："你真舍得我呀？"

米娜说："必须的！不杀驴，我怎么能找到白马王子。"她摆出玛丽莲·梦露拉起短裙卖弄风情的经典造型，大腿白花花的，晃得我有点眼晕。

我急了，上前把她裙子向下拉拉："作为一个女人，请你检点一点儿。"

米娜恼火地："你莫碰我！刘方正，你娃要搞清楚，咱俩目前的关系，也就是俩驴友。你懂撒？"

我一时无语，默默地瞪着她那张说翻就翻的狗脸。

她不耐烦地叫起来："哎，听不懂撒？你娃蠢得就像天气预报，我都变天了，你还看不出来！"

我冷笑着还击："你不蠢，你还天天抄我作业。哼，好几次竟然连我名字都抄上去了。"

米娜急赤白脸地："你还有脸说我，老子抄都抄进了名牌大学。你倒落榜了，你龟儿一技校生，这辈子有啥子指望嘛！"

打人专打脸，骂人专揭短。

我承认，米娜是这方面的高手，技艺炉火纯青。

"我技校生怎么啦？配不上你这名牌大学的高才生啊！你那次崴了脚，别人管你吗？是我背了你两个月。做人要讲良心。"

"哼！猪八戒背媳妇，我就是这样被你霸占了。"她扯下头上的花环扔在地上，又使劲踩了两脚，转身向花地外面跑去。

她的身影在花海间穿梭，我追随她，油菜花从我眼前飞快闪过，花影憧憧，我恍惚看见高中时代那片橘子林，树影憧憧，金橘灿烂……

我和米娜手拉手跑进橘林的深处。

我们气喘吁吁地站定，慌乱地抱在一起，当两张嘴唇即将亲上时，我突然举起手，紧张地："等等！"

米娜愣了，一脸呆萌。我从口袋掏出四根阿尔卑斯棒棒糖，摊在手心举到她面前："你喜欢哪个口味？"

她像狗一样舔着嘴唇，吐出两个字："草莓。"

我飞快剥开草莓味糖纸，将糖塞进自己嘴里。米娜收起笑容，刚要发作。我一把抱住她，狂热地吻了起来……然后，我看着她的眼睛，深情地说："草莓味的初吻，就算以后分手了，你也休想忘掉我！"

"完了！这辈子都走不出你龟儿的阴影。"她悻悻骂道。

橘子树繁茂翠绿，散发出奇妙的芬芳，像迷魂药，铺天盖地袭来。我一把抱起米娜举到了橘子树上。

那天，就这样，米娜坐在橘子树的矮树杈上，我站在地上。

于是，在我们之间，发生了不可描述的事情。

米娜的脸笼罩在一层金色的光芒里，美若天仙。我愿意为了这样的爱，去死。但是我的爱，不能死。我要我的姑娘衔着我的爱，永远光芒万丈地活下去。

橘子树在猛烈颤抖，无数的橘子从枝头震落，像金色的小灯笼，满地乱滚。

……

唉！我的橘子树，那甜美的忧伤。

此刻，我追随米娜的背影在油菜花地里时隐时现，心如刀绞。我的姑娘，她马上就要走出我的阴影了。

米娜坐在车上，一言不发。

我上车，看了她一眼，她的眼神迷茫地看着前方，似乎魂魄飞出很远。

我忍不住轻声问道："哎，还记得咱学校后边那片橘子林吗？"

米娜撇撇嘴："妈蛋！我保存了 18 年的童贞，就是在那里被你夺走的。"

她只记得这个，我却记得在那片林子里，我给她写过很多诗。我把她的名字和诗刻在橘子树上，橘子在长，我们的爱也在长。

我吸一口气，闭上眼睛慢慢向米娜靠过来，我想闻闻，她身上也许还残存着橘子树的芬芳……

米娜伸手拍拍我的脸，警告道："醒醒，刘先生，否则我报警了。"

我慢慢睁开眼睛，清醒多了。

我不再是那个枕在她腿上读诗的少年，她也不再是那个抚着我的头发听诗的少女。此刻，我们是一对脾气火爆的驴友。

我恨……我自己！

我发动车子，挂挡，狠狠地踩油门，一脚，又一脚，像拿刀子一次次戳向我的心口。

这个破奥迪呀，心胸狭隘得很。我稍一怠慢，它立刻实施报复，哧哧啦啦地叫嚣着，不肯发动。

我怒火中烧，松离合，挂挡，给油，使劲踩油门，恨不能把它踩爆了，一起同归于尽。

它倔强地抗争着，车身激烈颠簸，向前猛蹿一步，似乎要弃我而去，却被它自己的一口怒气憋死了。

我和我的破车，互相对抗着。我没有踩死它。它也没有甩掉我。

米娜突然爆发，叫道："你龟儿到底行不行？弄辆破车，人家自驾游，你也自驾游，光着腚推磨，转着圈圈儿地丢人！"

"你行你就上，不行别比比。滚下去，推车。"我也火了。

米娜把怀里的假驴牌往我脑袋上一砸，愤然滚下去了。

我继续发动车子，它痛苦地吭吭颤抖着，一次又一次地熄火。

米娜站在车后奋力推车，她龇牙咧嘴地手推，肩扛，丑态百出，招招用尽，车子终于轰的一声蹿了出去。

从后视镜中，我看见失去支撑的米娜跌倒在地，她尖声骂道："妈蛋，你敢扔下我！"

我很想问问她，妈蛋，到底是个啥蛋？

可是，来不及了，车子像一头犟驴向坡下冲去。车速越来越快，我使劲踩刹车，竟然……失灵了！

他妈哟！它赢了！它自由了！它借着下坡的优势，终于放飞了自我。

山路两边的树木飞速向身后闪去，我下意识地攥住方向盘，我已看见这辆破车腾空而起，坠下山崖，它打了几个滚，在悬崖边摔成一堆废墟，一个梳着双抓髻的青衫小童袅袅娜娜从废墟中飘出……

咣当一声，一定是地狱的大门打开了。

不！原来车子冲向了路边的一个大土堆，这匹脱缰的野马，终于被套上笼头，它在土堆中腾起一股狼烟，终于被制服了。

我一身冷汗，呆坐良久，除了浑身酸痛，并未受伤，这简直是个奇迹。我连滚带爬地下了车，跪在土堆旁连磕三个响头。

我不确定是哪位神仙暗中保佑了我。于是，我把上帝耶稣观音菩萨土地大老爷和二大娘家隔壁的观花婆婆都感谢了一遍，我能想到的，也就这几位了。

其实吧，二大娘家隔壁那个观花婆婆，跟我不熟，那是满娃子的关系。

说到那个观花婆婆，我又想起一件事情。

满娃子是个喜欢胡思乱想的小孩，他觉得爸妈老䦆架，都是自己那个童子命闹的。

他爸跟他妈商量过好多次，他说："童子命活不过十八岁，咱再生一个，候补的。"

那时候，满娃子还小，他跟父母睡在一张大床上。他静静地躺在黑暗中，瞪大眼睛，听着父亲说自己活不长。

他妈不吭声，可能她睡着了。

"你个臭婆娘，老子捶扁你。"父亲骂道。

满娃子觉得自己是一颗青涩的李子，小小的，刚鼓出来，豆粒大小，缀在枝头，父亲的话语，是黑暗中忽强忽弱的风，随便一吹，就能把他吹落。

然后，父亲开始窸窸窣窣地动手，母亲开始尖叫，他们动起手来，整个床都在颤抖。

满娃子躺在黑暗中，他一动不动，一声不吭，好像他睡得死过去了。

也许，他父母也是这样以为的吧，总之，他们从未问过他的感受。

后来，有一段时候，在黑暗中，母亲再也没有反抗过父亲。不管他怎样折腾，呼呼喘得像只沉重的风箱，母亲都没有任何反应。

直到有一天，傍晚时分，母亲正在灶间做饭，父亲扛着锄头从地里回来，他一锄头就把母亲打倒在地。

原来，母亲偷偷去做了节育手术。

这件事，把父亲气坏了。他从没见过这么蠢的瓜婆娘。他抓着母亲的头发，把她从灶间拖到了院子，从院子又拖到了坝坝上。他让她滚，让她带着满娃子滚。

母亲不滚，她抱住了一棵老核桃树，像柔软的菟丝子，用她所有的根须缠住树身。

父亲撕扯着，无论如何，都不能把她从树上撕下来。他累得满头大汗，心脏都要炸裂了，他的瓜婆娘，还是没有服软。

他使劲捶打着胸口，一屁股跌坐在烂泥地上，吭哧吭哧地哭了起来。

满娃子他爸很爱哭。

他妈就从来不哭。她只是冷着脸，木头人一样埋头干活。她给满娃子饭吃，却很少跟他说话，不看他的眼睛，不摸他的头发，也从来不拉他的手。

因为这些，满娃子就跑了。

他跑进了大山，在树林里游荡。他想着他的童子命，反正活不过十八岁，哭也没用，闹也没用，那就认了吧。他想选个自己喜欢的地方，用自己喜欢的方式，离开。

这样一想，竟然对"离开"充满了莫名的激动。

如果被野猪吃掉。可能很疼吧？他试着用野蔷薇的刺扎了一下手指，疼得钻心。这样不好。

如果被蛇毒死。可能很难看吧？嘴唇是黑的，眼眶也是黑的。这个也不好。

那么饿死呢？这个好。

可是，这个哪里好呢？一天没吃饭，他的肚子已经饿得火烧火燎。

满娃子想来想去，想到最后，他发现没有一个方法是好的。

他还是想回家，吃妈妈做的豌杂小面，红油抄手，把榨菜嚼得吱吱乱响。

想到这些，他撒腿就跑，越跑越惊慌，因为这时他才发现，他已经回不去了，他被困在了树林里。

满娃子开始后悔，他不该跑出来呀！那野猪，那毒蛇，那竹节虫，他好害怕呀！

说起来，都是小事。乡下的孩子，哪个被父母正眼看过。哪个被拉过手，摸过头。乡下的父母对孩子，哪家不是打了好。好了打。

后来，是一个上山采药的人，将昏迷的满娃子带下山，送回了家里。

满娃子昏睡了一天一夜，醒了。他浑身冰冷，两眼发直。他妈以为他撞邪了，背着他去找观花婆婆。

"没撞邪。是孩子的魂丢了。"观花婆婆说。

观花婆婆把满娃子的上衣脱了，让他妈握住孩子的手。紧紧握住，不撒手，就像跟谁抢孩子那样，死都不松开。

满娃子他妈听话地攥住了满娃子冰凉的手掌。

观花婆婆开始呼唤："满娃子，回家了。"她每念一声，满娃子他妈就使劲攥一下，从掌心开始，到胳膊根结束。

婆婆唤了七声，满娃子他妈就攥了七下，用尽了所有的力气。

满娃子的身体好像从未跟他妈妈如此亲近过。妈妈每攥一下，似乎是把她自己的血挤压进了满娃子的血管，攥一下，暖一点，直到他两只胳膊，各攥满七七四十九下。满娃子身上冻住的血液，缓缓地化开了。

像冬天过后，春风拂过冰封的湖面。

观花婆婆让满娃子他妈脱掉了上衣，把赤裸的孩子抱在怀里，紧紧地抱住，皮贴着皮，肉挤着肉，心挨着心。

当满娃子他妈这样抱住自己的孩子时，她感到这孩子好像刚刚从她身上长出来，他们连在一起，刀劈不开，棍打不散。母子两人的血融在一起，欢快地在血管里蹿动。

满娃子他妈猛地抖动起来，像突然被电流击中，她放声大哭。

这个从来不哭的女人，打开了泄洪的闸门，汹涌澎湃、一泻千里，她终于把积攒的所有泪水，都在这一天流完了。

……

不知道为什么，我在反身去找米娜的途中，会想起满娃子的这段故事。

曾经，我也把满娃子的故事讲给米娜听，她"呵呵"一声，嘲讽说："要了老命了，他那个妈妈，是孟姜女转世的嘛。"

米娜是个现代女性，她看不上满娃子。她满不在乎地说："这都什么时代了，满娃子那一套，都是封建迷信。你莫要理他。"

此时，我顶着炎阳，气喘吁吁爬上了坡顶，就看见了这位现代女性。

她坐在路边，光着双脚，满不在乎地向外叉着两腿，手里正在折腾一只断了跟的高跟鞋。

我说过多少次了，淑女要把双腿夹起来。她就是记不住。

我刚要喊她，突然，路上驶来一辆红色高级敞篷小跑车，嘎的一声刹车，停在她面前，就见一位打扮时尚的帅哥扬手喊道："嗨。"

米娜抬头看见帅哥，立刻笑了。

她竟然笑了！笑得还很灿烂！那可是一个陌生男人！

我决定沉住气，看看接下来会发生什么。

那帅哥扶一下墨镜，打量米娜，轻佻地说："这就是传说中落难的小仙女吧。"

米娜站起来，疑惑地："你……谁呀？"

那帅哥潇洒地打个响指，哈哈一笑："上天派来拯救你的小仙童呀。"

我靠，脸皮真厚！人家满娃子才是小仙童好吧。这么多年，人家说啥了？人家说啥了？人家啥都没说！一直默默地潜伏在人间。

那家伙随手从车厢拿过一粉色的小瓶子，晃一下，向米娜眨眨眼睛："嗨，试试一见钟情。"

是可忍，孰不可忍！我飞一般冲上前去，挡在米娜面前。

那家伙笑笑，毫不在意地把手里的一小瓶鸡尾酒抛过来。

我一把抓住，训斥道："咳！小子，你哪儿冒出来的？荒山野岭，难道孙悟空他妈也生二胎了！"

那家伙不理我，他冲米娜眨眨眼，一挥手："嗨，小仙女，后会有期。"然后一踩油门，潇洒离去。

我攥着那瓶鸡尾酒冲上去，一股尾气喷向我，呛得我边咳嗽边骂："妖……妖孽，你站住！"我转向米娜，刚要批评她两句，突然她把拎在手里的两只高跟鞋向我抛过来，我来不及躲闪，被击中，疼得嗷嗷叫。

米娜冲上来抢我手里的鸡尾酒，我攥住不放，冲她吼道："你要干吗？这里边肯定下春药啦！"米娜夺过酒瓶，扬手砸向路边一石头，嘭的一声，碎片四溅。她双手叉腰，理直气壮地瞪着我。

我气得眼冒金星，这要是只猫啊狗呀的，我早揪过来打一顿了。可是，对女人，我是绝不动一指头的。

我压着怒火，苦口婆心地规劝道："哎，你自己说，你还有理儿了啊。我就离开一小会儿，你就红杏出墙。你懒点儿，馋点儿，我不计较。可你那裙子，太短啦。你伤风，我不怕。我就怕你败俗啊！"

米娜袖起双手，仰天浪笑一声："哈哈，老娘从此就投身色情业啦。"

她光着脚兀自向前走去，扭着柔媚的舞步，哼起了香艳的小调："桃李芳菲梨花笑，怎比我枝头春意闹。芍药艳那李花俏，怎比我雨润红姿娇……星儿摇摇，云儿飘飘，何必西天万里遥，欢乐就在今朝，欢乐就在今宵……"

这小调，我熟。讲的是事业狂魔老唐，去西天取经途中遇到一花妖，巧言蛊惑老唐放弃奋斗，与她成全男欢女爱……

呀呀呸，我被她气得口吐白沫，这种骚浪贱的思想要不得，我必须给她扼杀了。

我去追米娜，刚走了两步，又回头捡起她的鞋子。哎呀，这双破鞋，不能扔啊！修修还能穿。

　　我原本指望途中能跟米娜缓和一下关系，那绿色的山林，清澈的河流，田野里绚烂的野花，还有我的甜言蜜语，都是打开女人心扉的灵药，可是那扯淡的帅哥、陷进土堆的车子、米娜的破鞋等等，把一切都毁掉了。

　　真是要了老命。为了从土堆里拖出车子，我花了整整六百块，哀求一过路的车子施以援手。

　　六百块啊，我能买多少碗肥肠面？能加多少个鸡大腿啊？

　　傍晚时分，跟随高德地图的指引，我们穿越大片荒野，进入一座古镇。

　　弯曲的街道，古旧低矮的民房，狭小的木棂窗户，映出黯淡的灯火。

　　寂静无声，不见人影，也不闻人声。

　　抵达双河客栈时，夜幕已笼罩四野。

　　客栈与幽蓝的夜色融为一体，看不清它的真面目。借着廊前悬挂的无数白色灯笼，大致看出是典型的黔北民居风格，玄色木质矮楼鳞次栉比，有流水在矮楼间蜿蜒盘旋，月光下，似银蛇出没。

　　我端详这客栈，它蹲伏在夜色中，如庞大的神秘怪兽，令我内心忐忑，不知道等待我的是福是祸。

　　嘀嘀嘀，微信提示音突然响了。我心头一颤，是……黑猪？

　　我屏住呼吸，强作镇定，对米娜说："哎，宝宝，你去看看有没有房间。"

　　米娜无语，径直下车，向酒店走去。

　　我急忙掏出手机，不知道那头猪又发出了什么指令。可是，不是他。是千颂伊。

千颂伊对我说："第一最好不相见，如此便可不相恋。"

我有点小失望，又有点小兴奋。快速回复她："第二最好不相知，如此便可不相思。"

刚按下发送键，突然嘭的一声，车门猛地被拉开，米娜如天兵天将突然降临。她喝道："你在干吗？"

我头皮一麻，立刻本能地把手机藏在背后，连连摇头。

"你龟儿是萤火虫嘛，屁股后边还自带手电筒，马上给老子交出来！"米娜笔直地向我伸出手。

我拼死抵抗，想护住手机，米娜不跟我啰唆，狠狠一口咬住我的胳膊，我发出杀猪般的号叫，她趁机抢过我的手机。

米娜快速翻看千颂伊的短信，叫道："你个龟儿，敢搞外遇！看老子今天嗯个收拾你。笋子炒肉，勾子给你狗日的打肿！不把你龟儿打得惊叫唤，你不晓得锅儿是铁倒的。"

米娜冲上来，对着我就是一阵乱捶乱打。她喝道："说，千颂伊是谁？"

我赶紧坦白交代："就是一……一诗友，微信上认识的。"

米娜厉声喝道："是炮友！"

我发誓，天地良心，这个千颂伊真的是诗友，认识有大半年了。她知道写《草叶集》的惠特曼，知道通灵诗人兰波，还知道神秘主义诗人鲁米。她最喜欢这两句："你生而有翼，为何意愿终生匍匐前行，形如虫蚁。"

当她第一次对我朗诵起鲁米的这两句诗，我内心涌起撕裂般的疼痛。

千颂伊懂我。虽然我们从未见过面，但她比米娜懂我。她肯定是个好女孩，她肯定也不买假"坟地"、假"驴牌"……

"你龟儿老实交代，这些个炮友，有几个？"米娜揉我一把。

"我不是那样的人。"我努力严肃起来。

"你娃长得矬，毛病又多，不能喝酒，只能喝点鲜橙多。哪个女娃眼瞎能看上你嘛。不是炮友，你还当是真爱撒。"

"我说了，我们是诗友。一起仰望星空那种。"

"你个塞炮眼的烂贼，你以为你是蝙蝠侠吗？爬完天上爬地下，信不信，老子拿机枪把你扫落啦。"

米娜追着打我，劈头盖脸地骂。

我左遮右挡，极力躲避。

我俩绕着车子追赶着，像一对疯子。

唉，这个娘儿们，真的不懂我。我们在一起八年了，我的身体从未背叛她，我的心灵也……不！我的心灵不参与讨论，我总得给自己留一块地方，比如微信。

坦白说，我有两个微信名字，一个叫刘方正，对米娜和所有人公开。一个叫都教授，只对千颂伊公开。我跟千颂伊谈论诗和远方。我和米娜安于苟且。

我喜欢当都教授，而且不觉得羞耻。

都教授是韩剧《来自星星的你》中的男主角，他活了400多年，是个来自外星球的怪物。不要一提怪物，你就以为他长得青面獠牙，是住在沼泽或坟地里的邋遢鬼，浑身散发着臭气。人家都教授是面如冠玉的花样美男，双商俱高，富可匹国。

更重要的是，他能瞬间移动，还能一言不合就带着女友千颂伊在天上飞。

普天下的女观众都希望把都教授的女友打晕，自己变成千颂伊，被他挟在胳膊肘里飞呀飞。

我的女诗友就是这么想的，我非常理解。所以，她是我的千颂伊，我是她的都教授。

在天上飞，我不行。在床上飞，我完全没问题。

当然，飞不飞的，看我心情。

这件事，对米娜，我无法解释，也解释不好。

于是我闭嘴，摆出一副死猪不怕开水烫的德性。

米娜表现得极为愤怒，指责我道德败坏、人模狗样，甚至指责我不应该叫刘方正，应该叫刘不正。

总之，因为千颂伊，我这个驴友，已变成了驴粪蛋。

我咬紧牙关，决定做个遭受严刑拷打而坚决保守秘密的革命者，只字不提。我不能告诉米娜任何秘密，包括十二背后和那只"黑猪"，包括千颂伊就在不远的地方。

是的，那个想飞的千颂伊，就住在这附近的小镇上。

我还没想好是否去见她，也许，一切皆有可能。谁知道呢。

我和米娜进了双河客栈大堂，各自拖着行李，像一对彼此仇恨的冤家对头。

米娜直奔服务台，高跟鞋凶狠地敲打着大理石地板。

"女士，您好！"一女服务员站起来，礼节性地问候。

"我不好！很不好！"米娜凶巴巴地瞪着她，将身份证粗暴地拍在台面上。

女服务员一惊，倏忽瞪大了眼睛。她留着齐肩短发，厚重的齐刘海儿，像道黑门帘，盖在额头上。

"你娃儿愣着干啥？老子住店！"米娜吼道。

女服务员的脸白皙清秀，迅速涌过一层红晕。她低下头，没有说话。也许她很生气，但不便发作。

我赶忙递上我的身份证，客气地对女服务员说："您好，我们住店。"

她伸出双手，恭敬地接过去，勉强挤出一丝笑容："哦，是……刘方正先生，您……"

"错！是刘——不——正！"米娜打断她。

唉！这个女人，做个安静的弱智，不好嘛。

女服务员再次被镇住，她胆怯地瞟米娜一眼，继而，求救地望着我。

为了替米娜挽回一点面子，我凑近一步，向女服务员使个眼色，压低声音说："抱歉，我女朋友，她精神有点问题。"

女服务员一怔，悄悄瞟了米娜一眼，眼神充满戒备。她慌张地低下头办理手续。少顷，将房卡双手递给说："刘先生，您预订的房间已经准备好了。"

预订？我没有预订！

是……那只"黑猪"？！我心里咯噔一沉。

他一定就在暗处。窥探我。监视我。看我一步一步走入他的陷阱。

我犹豫了一下，接过房卡。有一股寒气顺着指尖涌进血管，飞快窜遍我的全身。

我下意识地扫视客栈大堂，目光从每一个人脸上滑过，低头打扫的清洁工，沙发上翻报纸的胖子，绿叶植物后打电话的女人……

他们看起来全都鬼鬼祟祟，十分可疑。也许，"黑猪"就隐藏在他们中间。

"刘不正，我要单独住。"米娜大声抗议。

我冲呆萌的女服务员使个眼色，她愣了一下，领会了我的意思，连连摇头说："没有房间了，真的，没有了。"因为说谎，她的圆脸再次涨红了，像一只饱满的西红柿。

她躲闪着目光，不敢看我和米娜。

真是个老实人。

我们的房间在主楼对面的半山坡，皎洁的月光下，沿着石板小路走上去。竹影憧憧，高大的芭蕉摇曳，有小虫在脚边的草丛中呢喃，不知私语些什么。

玄色木屋与山林融为一体，不像人工建造，倒像那些树木一样，是自然生长出来的。推门入室，房内布置很有特点，民宿风情与高端度假融合，古朴自然中蕴含着独特的用心。

我迅速拉上窗帘，关门，上锁，拴上铁链，再搬一把椅子堵在门口。然后开始四处翻找，所有的抽屉和柜子，连床上的被子和枕头，也拍打过，挤压过，但是，我一无所获。

他应该会给我留下点什么吧，比如暗号，纸条，一封信等等。

米娜靠墙站着，双手抱臂，一脸嘲讽。也许她以为我鬼上身了。

我不理她，吃力地兀自搬开床垫，跪在床板上，透过缝隙向里边瞅。果然发现地上有一张纸片。

这就对了，一定是我要找的东西。

我竭力伸长胳膊掏出了那纸片，只见上面一性感的爆乳美女在向我搔首弄姿，旁边几个黑体大字：**包小姐**。

呀，原来是情色小广告，我在小区楼道里经常看见这类玩意儿。这女娃的胸好美妙啊，波峰汹涌。

米娜一把抢过卡片，扫一眼，立刻变脸。她只有两粒旺仔小馒头，看见大胸妹就鬼火冒。冲我喝道："贱人！韩式半永久，了不起撒。这个，老子也可以有！我的呢？我的呢？"

她理直气壮地瞪着我，把她的飞机场拍得啪啪响。

米娜像她爸，平胸。这不是她的错，也不是她爸的错，错的是我。

很久以前，在一番激烈的滚床单之后，我们并排躺在床上，像两条刚从水里捞出来的鱼。她郑重地摸了我，又摸了她自己，随即陷入巨大的忧伤之中。

说实话，我的奶摸起来比她大，手感也要好得多，但我本人表示，不介意。

问题是，米娜很介意。

她认为这是个有奶走遍天下，无奶寸步难行的时代。她人生多艰，皆因为奶不占优势。找出原因后，她决定去做个韩式半永久，费用由我出。

我大惊，委婉劝道："不管是旺仔小馒头，还是山东大馒头，本质上都是馒头嘛。"

其实，真正的原因是：手术费，太贵了。最便宜的，也要5万多。

米娜教训我说："老子不过是个载体，你龟儿才是终生受益者。你不出钱，谁出！"

终生受益。这几个字，很有吸引力。况且，别人受益，我肯定也不干啊！

于是，为了她的大奶计划，我正奋起攒钱。钱还没攒够呢，现在她又闹着分手，这狗脸，变得可真快！

米娜把那张情色小广告揉成团砸到我脸上，悻悻骂道："你龟儿，毁了我的人生。"

"一天到晚，你满奶子……哦，满脑子想的都是大奶。这真的好吗？"我诚恳地问她。

"好你个铲铲。你是头上少包嘛。别看你长得莽戳戳的，把老子惹毛了，捡块石头把你娃脑壳悍起。"米娜对我一通乱骂。边骂边麻溜地泡上一碗康师傅方便面，再加一个卤蛋和炸鸡腿。

据说，林黛玉动不动就吃不下饭，生一点小气，就扛着锄头去葬花，摇摇晃晃地站在风中嘟囔："侬今葬花人笑痴，他年葬侬知是谁？"叽叽歪歪的，好屎子烦人。

还是米娜好，天大的事儿，不耽误她吃饭。

当然，这跟热爱生活没关系。她不爱生活。她只是爱吃。

重要的是，她怎么吃都不胖，简直气死那些胖妹儿。

米娜边吃面，边打开手提电脑，屏幕上出现一组活色生香的大餐图片，有鲍鱼、龙虾、帝王蟹、生蚝和红酒等等。她用手机对着大餐图咔咔地拍着，然后又自拍一张嘟嘴卖萌照，再加上傻乎乎的"剪刀手"。

米娜飞快编辑着刚拍的这组照片，加上文字，按下发送。

我打开手机微信，果然不出所料，她的微信最新动态是这样的：九宫格、长着尖耳朵的小萝莉、豪华美餐，配魔性文字：谢谢亲爱滴，请我吃大餐，好幸福哦！么么哒！几个烈焰红唇和流着口水的表情包。

米娜得意地看着自己的微信圈，摇晃着腿，刺溜刺溜，把一碗面吃得河搅水翻。

我默默地看着她，实在想不明白，好好一低保家庭的孩子，是怎么走上装 13 的道路呢？

我到底是嘴贱，真诚地建议她看一本书——《生活在别处》。

这句话是兰波说的，却被米兰·昆德拉弄得举世皆知。我觉得每个人都生活在别处，或者渴望生活在别处，就拿我自己来说，我要么是为过去自责，要么是为未来担忧，我从没有享受当下。

尤其眼前这个当下，我没法享受，我希望气氛能友好和谐一些。

米娜认为我在讽刺她，于是把面碗向桌上重重一蹾，恼怒道："妈蛋！我真是够够的！做人难！做女人更难！做个平胸的穷女人，难上加难！"

唉，可怜见的，她还在为她未竟的大奶事业，耿耿于怀。

米娜呼地站起来，拿起化妆品，快速向脸上刷着白粉，似乎那是一堵亟待完工的墙壁。她打眼影，抹口红，换上超短裙与高跟鞋，转瞬间变身成一性感尤物。

而后，这货头一昂，胸一挺，扬长而去。

看看，这就是交心的下场！我发誓，再也不跟女人交流内心。

我反思三秒钟，尾随她出门。

客栈大堂，古朴高雅，音乐低回。

大厅一角，摆放着一架钢琴，四周是空荡荡的座位。米娜独坐，用小勺优雅地搅着咖啡，神情清冷，似尊贵的名媛。

我刚想上前，一个挺拔的身影向米娜走去，是个年轻的帅哥。

他穿原色的亚麻休闲衣裤，注意，是长裤。而我，短裤下面露出打卷的腿毛。

他穿乳白色休闲皮鞋。而我，十个脚趾在凉拖里放荡不羁，脚指甲盖里还有黑色污垢。他身形笔直坚挺，没有一丝赘肉，肯定只吃优质蛋白质和维生素。而我，淀粉和高脂食物令我的肚子像在孕育一个永远不会分娩的胎儿。

这样的比较，令我后退几步，躲在一丛高大的绿色植物后面。

我盯着那家伙的脸，恨不得我的目光能变成暗器，直击他的命门。

不，等等，这厮……竟然是半路上遇到的那个开跑车的家伙呀。

米娜看见他，容颜瞬间变得鲜活动人，犹如一股春风拂过，吹净了她脸上的落尘。

那男人于她对面坐下，他们浅笑，细语，眼神灵动，如经纬穿梭，迅速织下情网。

我突然想起几句诗：江南可采莲，莲叶何田田，鱼戏莲叶间，鱼戏莲叶东，鱼戏莲叶西……

这家伙不是来采莲，他是来捕鱼的！

而米娜这条蠢鱼，她在莲叶间上蹿下跳，心甘情愿搁浅于他的情网中间。

我咬牙切齿偷听着两人的对话，那男人审视她，缓缓说道："找个穷鬼做男友，是要付出代价的。看，他都把你祸害成什么样子了，你这全身上下的行头，全是淘宝秒杀款吧。"

米娜竟然也会脸红，她咬住嘴唇，难为情地说："其实……我也不是非要买买买，可是你能理解千辛万苦把购物车塞满了，然后看着它们一一失效那种挫败感吗？"

那货真是善解人意。他真诚地说："宝贝，不能买买买的人生，不值得一过。"

米娜蠢蠢欲动地看着那男人，我很担心她突然跳起来，给他一个知遇之吻。

好在，她稳住了。

那家伙继续发动攻势："如果我是你男友，就把你淘宝购物车里的东西全部——删除！"

米娜意外地张大嘴，神情惊诧。

"丫头，它们配不上你，你应该拿上我的卡，去奢侈品店，随便刷。"

"啊？这……真的好吗？"米娜一愣，随即神情欢悦。

我默默地懂了，对于女人来说，这是世上最浪漫的情话。

他探身轻抚她的小手，深情道："傻丫头，不能升华为金钱的爱，都不是真爱。"

顿时，米娜垂下眼帘，粉面含春，欲说还羞。总之，各种羞，各种乱。

说实话，我很不适应。我还是喜欢那个把"妈蛋"挂在嘴边的女汉子。

这女汉子，此刻扭捏地抠着自己的手指（我确定，不是脚丫子）弱弱地问道："你……就是传说中的富二代吧？"

"不然呢？"那男人卖着关子。

米娜满脸红霞飞，如同一只憨蛋的小母鸡，急促地说："那一定是喽。"

不知为何，此时，我突然灵光一闪：米娜的"大奶计划"有救了！

那男人叹息地一笑，他站起来，礼貌地微一额首，径自走开。

竟然……走了？！他走了！

好样的！这哥儿们，他一定是上天派来羞辱米娜的。

你们这些妖艳的小贱人呀！真以为自己是迷路的小公主，终于等来了白马王子。真以为白马王子会一手拿着鲜花，一手拿着钱袋，来向你求爱了。真是异想天开！普天下的癞蛤蟆，为什么都想吃天鹅肉呢！

米娜愣着，面如死灰。

我看着米娜的脸，心花怒放。简直不能更爽了。

可是……等等，那家伙，并没有走。他走到钢琴处坐下了。

我靠，这厮，竟然还会弹钢琴。

他伸出纤长的双手，十指高贵灵动。灯光下，如羊脂玉，闪烁着温润的光芒，差点亮瞎我这双钛合金狗眼。

他挺身而坐，试了一下音，冲米娜微微一笑，潇洒地弹奏起来。

《致爱丽丝》的美妙旋律在大厅回荡，活泼、欢畅，如万箭乱发，将我击成一只破筛子。

我用最后的一丝气力，看向米娜。她痴痴地望着弹琴的男人，一只手在桌下偷偷撩起裙子，露出雪白的大腿，半遮半掩着她的风情。

我羞得满脸通红，一时间，不知如何是好。

终于，那男人完了，不，人家是弹完了。

他与米娜手拉手离开，俨如一对情侣。他们看着对方的眼神，渴望而贪婪，似乎要把对方生吞下去。他们如此投入，竟然对跟在后边的我一无所知。

我是木偶人，被他们牵引着穿过走廊，藏身于一拐角处。

终于，在一房间门口，他们停下了。

那男人掏出房卡打开门，他做个请进的姿势，优雅地说："来吧，傻丫头，生活欠你的，我都会补偿。"

灯光明亮的走廊上，房门大开，黑漆漆，如硕大的黑洞，散发着不可抵挡的诱惑。

米娜看着那片黑暗，犹豫着……那一瞬间，不知道她想到了什么？她摇摇头，留恋地看着男人，一步步倒退着，她向他送出一飞吻，转身踉跄着离开了。

她肯定是想到了我呀！我才是她的挚爱。

我贴在墙上，呼出一口长气。

这一瞬间，我终于活过来了，血液在血管里奔涌，像被放生的群蛇四处乱窜。

我疾步飞奔而去，先米娜一步赶回房间，跌坐在沙发上。

我佯装安静，内心却天雷滚滚。

米娜闯进来，她面如冰霜，对我视而不见。

我跳起来，一把抓住她，我不喜欢戴帽子，尤其是绿色的。

在这一瞬间，我决定告诉她所有的秘密。我还要告诉她，我马上就有 200 万了，我不许她和别人勾勾搭搭。

我很激动，我结结巴巴地说："我……有……有话……跟你说。"

米娜甩开我，动作干脆利落。她说："我先说，咱俩就此别过，我要开始新生活。"

我愣着，不明白她什么意思。

米娜补充道："我爱上别人了，随时都可能出轨。跟你说清楚，我就没负担了。"

我愣了愣，大声吼起来："……你是没负担了，我呢？我呢？凭什么？你把负担推给我一个人！"

本来好好的，怎么突然就乱了？这到底什么情况？

她刚才不是拒绝那男人了吗，她拒绝了，就代表她心里有我，她为我守住了贞操啊。

贞操？不，妈蛋！她随时随地准备献出她的贞操——向除我以外的任何男人。

我为自己的多情羞愧，并且气急败坏。

我吼道："你就那么急吗，不能再等等！"

如果她聪明，一定能听出我的弦外之意。

"不能！你有什么话，说吧。以后没机会了。"这个瓜婆娘，翻脸无情。

看看吧，这就是我爱了八年的女人，竟然，我连说几句话的机会都没有了。

嘀嘀嘀，是我的微信提示音响了。

又是千颂伊。

我立刻雄起！冲米娜示威地晃着手机，叫嚣道："没有拉倒！不就新生活吗，老子——也——有！"

我摔门而去。去找千颂伊。

别怪我，都是米娜逼的。

我想飞得更高

千颂伊就在这个小镇上，她开了一家书店，名字叫"幺妹书屋"。

按照高德地图锁定的位置，那里插着一柄红色小旗。我向着这片小高地，发动了进攻。

夜色迷茫，温凉如水。

我脚步匆匆向我的诗友奔去，做人就是好，只要我愿意，百步之内，必有芳草，我不必在一棵歪脖树上吊死。

在途中，我终于想起来了，我和千颂伊是通过手机"搜索附近的人"找到对方的。忘了是她搜索到我，还是我搜索到她。这都不重要，重要的是，我们要见面了。

高德地图将我引进一条窄巷。

路灯昏暗，一条石板铺成的小路尽头，我看到了那家店：幺妹书屋。

我准备敲门时，突然看见我的影子长长地拖在地上，被我踩在脚底下。我挪了个位置，想甩开那影子，它却依然被踩在脚下。

我站在月亮地里，像一条追逐自己尾巴的狗，转着圈地想甩掉那条影子，不管我怎样变换角度，它都固执地缠着我。

这件事坏了我的兴致，好像有个同伙非要赖着一起来拜访千颂伊。

我沮丧地站在门前，犹豫着，不经意间被墙上突然现身的一个人影吓了一大跳，仔细一看，竟然是乔布斯大人的宣传画。

这幅黑白背景的大头像，我太熟悉了。在机场、书店、街头LG大屏幕，电梯广告，商场宣传画等等，我都曾经见过。

他老人家清癯、警醒、秃顶、络腮胡子，手抵下巴注视着全世界。

据说这个男人改变了人类历史。据说这个男人富可匹国。据说这个男人犯了和成大哥一样的错。他有个私生女耶。可他一直不承认，不肯付学费和抚养费，直到被法院判决去做了亲子鉴定，这个男人才扭扭捏捏地认了自己的女儿。

呵呵，我果然对宏大叙事不感兴趣，让我兴奋的总是狗血故事。听说他们父女关系紧张了几十年。直到这名伟人临终前，两人依然彼此怨恨。

唉，他那么有钱，还是过不好日子。

我感到非常纳闷，难道我们的烦恼，不都是因为贫穷吗，看看我身边的人就知道了。

我大舅妈说：等我有钱了，我就和你舅舅离婚。

我大舅说：等我有钱了，我就对你舅妈好。

我大舅的儿子说：等我有钱了，我就好好学习。

我大舅的女儿说：等我有钱了，我就能得到爱情。

我也是，等我有钱了，我就能得到幸福，米娜就不会……不！我都有钱了，我干吗还要米娜呀。她就是一头喷着响鼻尥蹶子的骡子，比驴犟，比猪丑。

我与乔布斯大人对视，狠狠地对视，顿时，勇气倍增。

我坚定地举手敲门，发出呼唤："千颂伊，千颂伊。"

门打开一条缝。

一个女孩出现在门口，皎洁的月光下，她瘦弱低矮，小小的一只，像那种养在杯子里的小猫咪。

我疑惑地问道："你……就是千颂伊？"我想象中的她应该是鬃发飞扬的小母马。性感逼人，脾气火爆。

她愣了一下，迅速打量我。

我在她眼里一定是这样的：苦哈哈的黑脸，黑色卡通 T 恤衫，短裤，光脚趿拉着拖鞋，两只大脚趾紧张地跷起来。绝非她想象中四海八荒第一美男子。

她的脸上闪过一丝失望，小心翼翼地问："你……是都敏俊？"

我和千颂伊互相对视，现实就这样照进了梦想，如同搅碎的蛋黄，与蛋清融为一体。

我们抓住对方的手，我的心滚烫，她的手火热，我的眼波横，她的眼儿媚。

一时间，我俩穿越进了韩剧《来自星星的你》：美丽星空之下，豪华邮轮甲板上，俊男都教授与靓女千颂伊深情相拥、相望，如痴如醉的背景音乐响起，性感的朱唇、邪魅的气息，奔腾的欲望在燃烧……

这就对了。

我俩是落魄版的都教授和千颂伊，我没有绝世神功，她也没有盛世美颜。我们谁也不嫌弃谁。也许，嫌弃也不说。

我打量屋子，四五十平方米的大小，两面墙壁都摆放着书，书架上缠着塑料的绿色藤萝，有几只绒布的小猴子攀爬其间。我抽出一本书拿在手里，看着她短短的黄头发，调侃道：“哪有留板寸头的千颂伊呀。”

“谁知道你突然就飞来了，我还没来得及打扮呢。”她舔了一下嘴唇，拉开抽屉，拿出一顶长长的假发，抖了抖，戴上了。

我端详她，嗯，长发好多了，有点感觉了。

“你怎么突然就来了？”她问道。

其实，我想来，就能来。重庆到十二背后并不远，也就三小时的车程。

我曾经说过，一定会来看她。具体什么时候，我也拿不准。都怪米娜，让我突然出现在这里。

这是个不能说的原因。于是，我一笑而过。

千颂伊飞快拿起桌上的化妆品涂脂抹粉、描眉画眼，迅速变成一妖魅女郎。

我惊讶地看着她风华绝代的脸庞，怀疑她会巫术。

她装扮完毕，清清嗓子，瞬间千颂伊上身，歪起头，两手蜷在腮边，嗲嗲地说道：“欧巴，擦狼黑，糖西米擦狼黑米达。”

我谜之尴尬，希望她能说人话。

她扭起身子撒娇，尖着嗓子用韩语叫道：“海鸡嘛，海鸡嘛，可捞鸡嘛。”

男女作风方面，我经验有限，这阵势真没见过，我惊得冷汗都冒出来了。我结结巴巴地威胁道：“你……你再这样，我就嚯的一声又飞走了啊！”

她噘噘嘴，很是不满地说道：“人家说，哥哥，我爱你，我好爱你呀！不要嘛，不要嘛，你不要这样嘛。”

她再次启动千颂伊模式，双手交叉在胸前，闭上双眼，向我嘟起嘴唇索吻。

我是个男人，虽说慌乱，但急人所急，是我的美德。于是我低声说："那啥，时间有限，赶紧开始吧。"

千颂伊关掉了屋子里的灯。她温柔地拉起我的手，深情道："欧巴，跟我来。"

她的卧室在隔壁，我们手拉手走进去。

没有开灯，千颂伊跷起兰花指划亮火柴，点燃一支树枝形的艺术蜡烛。摇曳的烛光中，我看见一张粉色大床，辽阔、香艳，适合撒欢，适合打滚。

我们脉脉含情地看着对方，一双男人的黑色大脚，一双女人涂着蔻丹的粉白小脚，相对而站。

一件黑 T 恤褪到大脚上，是我的。

一件红 T 恤褪到小脚上，是她的。

然后，我和千颂伊用最快的速度……嗯，别想歪了，没上床，是穿上了衣服。

她让我穿上了蓝色的长袍，她自己穿上了粉色的长袍，我们穿越到了朝鲜王朝的光海一年（1609 年）。

剧情就从这儿开始演起，那会儿千颂伊叫如花，是个 15 岁的少女，在嫁往夫君家的途中，丈夫猝然离世，她小小年纪就要守活寡了。突然狂风大作，如花乘坐的轿子被风卷起，滚下悬崖，就在她以为必死无疑之际，我突然出现了，我飞崖走壁，像一只苍鹰以洪荒之力托住了轿子……哎呀，不是我啦，是外星人都敏俊。

从此，都敏俊与千颂伊开始了四百多年的爱恨情仇。

这戏，难度挺大的，我演不好，我沉重的肉身，总是出戏。

因为，我看见床头上方的墙上，用粉色玫瑰花围成一巨大的心形图案，中间镶嵌着千颂伊和一男人的大头照，那男人有张憨厚肥腻的猪脸。

我突然想到了"黑猪"，顿时，心情谜之慌乱。

这猪脸男人，肯定也演不好都教授。都教授很瘦，他只喝水和果汁，估计从不上厕所。我和猪脸男人都太胖了，我们吃得太多，如厕的次数更多，有时候在梦中还到处找厕所呢……想到这儿，我笑出了猪叫。

千颂伊有些不高兴，她耐着性子分析了我演不好的原因，主要是我们彼此太陌生。于是，我们转移到床上培养感情。

我和千颂伊相对跪坐床上，拢起袖子，包袱剪子锤地划拳，两个回合后，我输了。

千颂伊拿起面前一本诗集，翻到一页，递给我："你读，我喜欢这首诗。"

我拿起诗集，深情朗诵道："穿过大半个中国去……"我倏忽一惊，被吓住了，压低声音吐出了两个字"睡你"。

我瞟了千颂伊一眼，她含羞一笑。

我清清嗓子，故作严肃地继续朗读："其实睡……你和被你睡是差不多的，无非是两具肉体碰撞的力，无非是这力催开的花朵，无非是这花朵虚拟出的春天，让我们误以为生命被重新打开，我是穿过枪林弹雨去……睡你。我是把无数的黑夜摁进一个黎明去……睡你。我是无数个我奔跑成一个我去睡……睡……"

这他妈的，什么乱七八糟，睡呀睡的，老子又不是发情的公狗。

千颂伊双手托腮，娇羞地："欧巴——不要停嘛。"

要不得，照这样睡下去，老子要精尽而亡啦！

我擦擦头上的汗，故作镇定地说："幺妹儿，我个人认为这……这个诗歌的境界，还是要……要含蓄……"

千颂伊猝不及防地蹿上来抱住我，热烈地说："人生如此多艰，你何不把我睡了！"

我吓得一激灵，挣扎着："哎……哎，其实，我没那么想睡。"

轰！轰！轰！突然，一阵激烈的砸门声传来，夹杂着米娜的叫骂："开门！刘不正，你个臭不要脸的！你给我滚出来。"

石破天惊！捉奸啊！她不是去找帅哥了吗？

我愣了一秒钟，跳起来扑灭蜡烛，似乎这样，我就安全了。

"完了！完了！我女朋友。"我转着圈儿地找藏身的地方，要是能像都教授那样化作一股青烟消失，该多好啊。

千颂伊很镇定，她拉住我，说："哥哥莫慌！对撕？还是宫斗？我听你一句话。"

这都什么时候了，她以为是宫斗戏呢。

局面不能再乱了！我理了理思路，嘱咐她："没睡啊！咱俩真没睡啊！"

"我喜欢你，我不怕！"她瞪着纯洁的大眼睛看着我，完全听不懂人话。

"你神经病，我怕呀！"

门外，米娜那个疯婆子一边砸门一边叫喊："刘不正，你个渣男！你渣得花样百出，你渣得三观丧尽……"

突然，门外有一个浑厚的男声吆喝道："妹嘞，你搞啥子吗？"

犹如天籁之音，我本能地感觉到这男人是来拯救我的。

米娜哭诉道："我……我抓外遇。大哥，你要帮我主持公道啊！"

"你个瓜脑壳，哪来的外遇嘛，我婆娘在里边。"

米娜遇到了救星，她信誓旦旦地告诉男人，她一路跟踪而来，眼睁睁看着渣男进去，眼睁睁看着奸夫淫妇把灯灭了……

吭当一声响，门板剧烈颤抖，力道巨大，是……是男人下的黑手。

他不待米娜说完，就开始剧烈踢门，嚷道："朱小幺，你妈卖麻花，你竟敢给老子偷人！"

我愣着，千颂伊也愣着，原来她叫朱小幺。

我扫了一眼床头那心形的玫瑰花丛，瞬间懂了，门外的男人，一定是潜伏在花丛中的猪脸男人。

情况越来越复杂了。

朱小幺的男人一边砸门，一边威胁她，再不开门，就放火烧她的房子。紧接着，屋外燃起一团亮光，他果真说到做到。

朱小幺战战兢兢把门拉开一条缝，与此同时，有人挟一股风闯进来，脚步铿锵有力，他是个彪悍的男人。

我看见他手里的火把，原来是乔布斯的宣传画卷在一起被点燃，乔大人迅速变成灰烬。

屋内随即陷入昏暗，朱小幺扭身躲到我身后，紧紧抓住我的衣角。

彪悍男冲过来，朱小幺吓得转身就跑，那男人一把抓住她的长发，却揪到手里一个假发套，他一把甩掉，惊叫唤着："妈哟，你闹啥妖！"

突然，天光大亮。米娜来得正是时候，她打开了灯。

经过短暂的不适，我迅速看清，朱小幺的男人果然长了一张猪脸，彪悍、肥胖、裸露着上身，左胳膊文一条青龙，右胳膊文一只白虎。他在两头猛兽的加持下扑向我。

慌乱间，我抓起一本诗集挡在身前。

不知道为什么，彪悍男和米娜立刻目瞪口呆，两人好像被施了魔法，一起怪异地盯着那本书。

我悄悄一瞥，暗自叫苦，正是刚才我和千颂伊一起读的那本，封皮几个醒目的大字：**穿过大半个中国去睡你**。

我慌忙解释道："其实，没多远，重庆过来，就……三小时。"

彪悍男一掌打飞我的诗集，气急败坏地四处找家伙。他一时没找到称心的，扔了笤帚，又去抓网球拍，嘴里叫唤着："免不了啦！免不了啦！"终于，一件如意武器进入他的法眼——桌上一把长长的西瓜刀。他操刀在手，向我逼过来，叫道："这就是一桩血案啊！"

米娜狠狠踩一脚那本书，骂道："你龟儿，今儿个死得梆梆硬。"

"胖胖，冷静，你冷静，我还是跟你过。"千颂伊慌乱地向彪悍男摆着双手。

彪悍男看着千颂伊——不，是朱小幺浓妆艳抹的脸，再次受到剧烈刺激。他眨眨眼睛，表情忽然变得悲哀，声音里拖着哭腔："你……你假睫毛都戴上啦！不就搞个外遇嘛。"

朱小幺扑闪着长长的假睫毛，小心地上前，轻抚男人的肩膀，安慰道："莫慌，胖胖，我没看上他。"

彪悍男瞅瞅她的装扮，又瞅瞅我的装扮，我俩还穿着朝鲜光海一年时期的大袍子。那男人鼻子一吸，指着我，抽泣道："我日你妈哟！你娃给我戴绿帽子，你娃……还敢穿绿袍子，那我……就是个绿毛龟撒！"

我明明穿的是蓝袍子嘛。我低头一瞅，不得了！灯光下，它竟然变成绿色啦！

"兄弟，我错了！我真的错了！"我赶紧作揖，差点给他跪下了。

彪悍男用刀片子啪啪拍打着胸口，哽咽道："老天爷，我啷个难哟！好不容易挑只股票撒，一路飘绿。好不容易找个老婆撒，又给我戴绿帽子。我啷个难哟……"

我趁他痛不欲生，急中生智，拔腿就逃。

彪悍男化悲痛为力量，飞身追来，须臾间，已至我脑后。刀光闪闪，挟一股寒风直奔我后脑勺劈下……我双腿一软，差点瘫倒……

突然，哗啦一声巨响，一块大石头砸破窗玻璃，滚落到地板上。

所有的人都被吓了一大跳。

两个女人先后发出惊叫，似乎在较量，谁叫得更大声。

哗啦！又一块窗玻璃被石头砸碎。

天地为之一惊，众神缄默。我们四个人怔在原地，面面相觑。

那石头是从外边扔进来的。

彪悍男愣了片刻，提刀杀出门去，高喊着："哪个？你是哪个？"

屋外，黑暗中，响起快速奔跑的声音，急促而混乱。

彪悍男叫骂着追上去，沉重的脚步声踩在我胸口上。

是谁？谁躲在黑暗中？窥探这一切。

我打了个寒噤，感觉自己陷入重重迷雾中，危机四伏。

米娜一脚把诗集踢飞，愤然离去，临出门时，她顺手把桌上一花瓶砸碎在地上。

我拔腿去追米娜，却被朱小幺拉住了，她一边撕着假睫毛一边问："我怎么办？你就这么走了？"

我不走，难道等她的胖胖回来吗！

灯光下，再看她，一个瘦弱的黄毛小丫头，跟千颂伊没半毛钱关系。那么，我是如何被她迷得二麻二麻的？

我拔腿就跑，潦草地说："你保重。"没敢道再见。

白马王子

我赶回酒店时，米娜的身影刚从大厅闪过，我快步追上去，以为她会回房间，没想到，她径直跑去找那个帅哥。

那个野男人出来开门，穿着白睡衣，她哭泣着一头扑进他怀里。

门，关上了。

我感觉头顶滋滋发力，瞬间长出一米高的绿草。

太不自重了！太不要脸了！太……我本来要拂袖而去，她都自暴自弃了，我还管她干吗，她跟我还有啥关系！

可是我的双脚，贱得很！它不肯挪开。

我悄悄凑到门前，侧耳偷听着屋里的动静。

先是一阵低低的说话声，应该是在温言软语地安慰。接着有音乐响起，似乎是我听过的旋律，有些熟悉，也有些陌生。我快速思索，想起来了，竟然是那首《Embrasse-Moi》啊！香艳、诱惑，我和米娜的催情曲。

曾经，在我和米娜热恋期间，凡是开展床笫活动，必有这曲子助兴。听，女人诱惑地唱道：

……吻我，我不害怕，你知道我不恐慌，吻我，拥抱我，我需要一点疯狂，需要小小的疯狂……

昏暗的房间，有玫瑰花，有红酒和高脚杯，有娇兰一千零一夜焕发出的凄美与梦幻，意乱情迷的恋人，贴面而舞，抵死缠绵。

我脑海中飞速上演着蒙太奇大戏，女主没变，变的是男配，一会儿是我，一会儿是那男人。

恍惚中，米娜脚上的鞋子熠熠生辉，她穿上了水晶鞋，变成了盛装的公主与王子翩翩起舞……王子旋起她，顺势将她推倒在大床上，粉色的玫瑰花瓣飘雪般纷纷落下，红色的酒汁在雪白的肌肤上流淌……

啪！啪！啪！

我贴在门上的耳朵，如雷达探测器般敏锐，它捕捉到了肉体相撞的声音。

是的！罪恶的、激情的、致命的，啪啪声。

完了！我的大白菜，真的被猪拱了。

黑暗中，有利箭凌空而来，将我钉在耻辱柱上。

我的姑娘，曾经，她有公主心。现在，她有了公主命。

我内心悲凉，质问自己：你为什么不滚到角落里呜咽？难道打算为这对狗男女送上祝福？

我木然地离开，每一步都像赤脚踩在通红的烙铁上。

在酒店大厅，我已再无力气挪动步子，跌坐在角落的沙发里。

旁边的矮柜上，簇拥着一群绒布的玩具动物，鸡鸭兔猫狗……哦，没有鸭，也没有猫。

我强忍悲痛数了数，十二属相都凑全了。天上飞的，地上跑的，都来了。它们笑眯眯地看着我，是想邀请我加入它们的团伙吗?

　　要是能做只狗，也挺好吧。主人高兴时，每天都会给我一根肉骨头，我只要对她摇摇尾巴就行了。可是，万一她不高兴呢？我就会被赶出家门，流浪街头，饥寒交迫而死。或者，被狠心人卖到火锅店里涮肉喝汤。

　　那就做一头猪吧，临死之前，吃饱睡足，鸟事不管。

　　曾经，我上小学时，在农贸市场买过一只宠物猪。它非常漂亮，身上有黑白交织的斑花，小小的，装在一个搪瓷杯子里。

　　卖猪的人跟我发誓，这猪绝对长不大，永远长不大，如果长大了，他全家死翘翘。

　　于是，我把猪带回家养起来，起名叫尼采。

　　我很喜欢尼采，就是那个长着一簇小胡子的德国哲学家。

　　他说："我的灵魂平静而明亮，宛若清晨的群山。"我经常默念这两句，当我既不平静，也不明亮时。我默念它，就像念经，或者念咒语。

　　说到叫尼采的猪，它每天跟我一起吃，一起喝，一起睡在热被窝里。

　　叫尼采的猪很聪明，它学会了上厕所，不会随地大小便，会撒娇，还会思考。每当我读诗时，它就深沉地哼哼两声，表示赞同。我对它很满意。

　　可是一个月后，尼采长到十多斤重了。又一个月后，尼采有二十多斤重了。很快，尼采的体重迅速飙升，不可抵挡，与一只肉猪无异。

　　在众人的嘲笑与父亲的威胁恐吓下，我任由尼采被套上了绳索。然后，我们一起坐上了一辆手扶拖拉机。

去乡下奶奶家的路，颠簸不平。我和尼采紧紧地挤在一起，我搂住它的脖子哭，它把脑袋拱在我怀里，哼哼唧唧地劝慰我，并用它的小胖手拍打我。

到了奶奶家，几个等待的大汉就把我和尼采分开了。他们拿着大棒敲打它的脑袋，趁它发愣时，把它五花大绑。尼采终于不淡定了，它一直嚎叫，冲着我不断地流眼泪。

我想尼采一定是疯了。

很快，尼采就被煮熟了，它躺在大铁锅里，散发着香喷喷的味道。每一个围在锅边的人都笑眯眯地咽着口水，等待大快朵颐。

我放声大哭，叫喊着："尼采，尼采。"

被煮熟的尼采似乎陷入了沉思，它不再理我，紧紧地闭着眼睛，冲我龇着白牙。

从此，关于我和尼采的故事，四处流传。我那些小学同学总是大喊"那头叫尼采的猪"，然后爆发出丧心病狂的大笑。

好吧，我承认了，"那头叫尼采的猪"，说的就是我。在上小学那段时间，我已习惯了这绰号，经常忘了自己叫刘方正。

有时候，在夜里，叫尼采的猪会来梦里，向我抱怨它的英年早逝。

我安慰它，人各有命，猪各有命。

有时候，来的是小胡子哲学家尼采，我问他到底是因为什么疯了？因为世界上流传着两种说法。其一，他在都灵的大街上看见马夫虐待一匹马，于是抱住马脖子号啕大哭，然后就疯了。还有一种说法是，他两次向荡妇沙乐美求婚都被拒绝了，于是被气疯了。

我不确定，哪一种说法更接近事实。尼采捻着他的小胡子，轻描淡写地跟我解释说：不就是抱着马脖子哭嘛。不就是被拒绝嘛。

我想一想，也是，我还抱着猪脖子哭呢。

花朵拒绝寒冬，依然凋零；生命拒绝死亡，依然化为尘土。

此刻，我死命拽上尼采，躲在角落谈心，试图拒绝背叛，拒绝羞辱，依然无法拒绝仇恨。

是的，千般仇，万般恨啊！我和千颂伊，也就是读读诗，耍个花枪，人家米娜上演的才是活色生香的情色大片。

此仇不报，我不是个爷们！

我跳起来，掠走一只毛茸茸的大型兔子，气势汹汹地杀将回去。什么灵魂的平静，什么清晨的群山，都滚一边去，此刻，我只要快意恩仇。

我把兔子玩具举起来，挡住猫眼的位置。我一边砰砰敲门，一边奶声奶气地叫道："妈咪，开门，兔宝宝回来啦！"

屋内音乐的声音调小了，我继续拍门，冒充兔宝宝。

房间拉开一道缝儿，那个男人探出头来，训斥道："滚！小破孩。"他话音未落，我迎面狠狠一记老拳，他被打得措手不及，一声惨叫，我趁机冲了进去。

我三拳两脚将那男人打倒在地，他躺在地上呻吟。我向床上一看，差点晕过去。米娜躺在满床玫瑰花瓣中，衣裙散乱，双手被锃亮的手铐锁在床头，嘴上还封着胶带。

你妈！你俩玩 SM 啊！你妈！你俩够狂野啊！

我冲向倒在地上的男人，骑在他身上，疯狂地捶打着。

米娜躺在床上使劲挣扎，蹬腿，嘴里发出呜呜呜的声音。

"你个败家娘儿们，你玩得嗨呀！我要把你沉塘、浸猪笼，我要拉着你俩去游街……"我口不择言地骂着，不活了，一起同归于尽吧。

米娜恼怒地冲我呜呜呜着，眼珠子都快瞪出来了。我上前一把扯掉她嘴上的胶带。米娜大喘气，结结巴巴地："……他……他绑票。"

我扬起巴掌抽了她一耳光，狠狠骂道："你个潘金莲，还不快咬舌自尽。"

我冲过去踢了那男人两脚，命令他把米娜放了。他蹭着鼻子上的血唯唯诺诺地从兜里掏出钥匙，把米娜的手铐打开。

米娜突然跳起来，抓过桌上一把刀，向那男人刺过去。

男人慌忙拿胳膊一挡，刀尖在他胳膊上划开一道血口子，两人纠缠着厮打在一起。

"哟，翻脸了。我说金莲和庆，咱刚才不还激情四射的嘛。"我抱起胳膊，讥讽道。

"妈蛋！他要200万，否则就撕票！"米娜恼羞成怒地骂。

我一愣，旋即明白她没有说谎，立刻上前压住那男人，喝道："说，你是谁？你怎么知道有200万？"

米娜拎起手铐，麻利地把那男人锁在椅子上。她用刀背拍着男人的脸，俨然一副正人君子的模样审问男人："怕了？垃圾。说！你是谁？你想干什么？"

那男人眼看无法逃脱，全坦白了。

他说他叫张明，根本不是富二代，就是个送快递的。经常拆客户的包裹，偷点鸡零狗碎。那天，他拆了我的特快专递，就知道了那200万的事。于是他暗中跟踪我，打算绑了米娜，逼我把钱交出来……

我想起来了，那天送特快专递的人，果然行为有些诡异。

呵呵，这真是，肉还没炖熟，先招来一只异想天开的饿狗。

那 200 万，还不知道是真是假呢，这送快递的，倒是信了。

一个送快递的人啊！

又是挑逗，又是勾引，又是钢琴曲。

草蛇灰线，伏脉千里。说好的一见钟情呢？说好的乌鸦变凤凰呢？

米娜的老脸被打得啪啪响，她猛地扑上去，推开我，喝道："起开！我弄死这山寨货。"

"哈哈，花椒树下跳艳舞，你娃这下转麻啦！"我幸灾乐祸。

"你跑车哪来的？"她逼问那个叫张明的男人。

"……租的，跑车和身上的衣服，都是租的。反正我想……马上就有钱了。"张明低头嗫嚅着。

米娜仰天呼出一口浊气，她抓过那把刀，一脸手刃仇敌的决绝。

看啊，一个豪门梦碎的女人，有多绝情！

我不能由她胡来，夺过刀，骂道："滚！你还要脸啊！"

米娜木然地站着，她披头散发，衣裙散乱，露着白花花的胸口和大腿，一副失贞后的不堪与不洁。

"哟，终于找到了白马王子，开心吧？激动吧？"我阴阳怪气地嘲讽道。

"骗子！你们男人，全是骗子！刘方正，我鄙视你！你不但好色。你还贪财。200 万，想独吞是吧？我不会要你一分钱。"她恼羞成怒地盯着我。

老天爷，这个娘儿们，最擅长倒打一耙，都被我捉奸在床了，竟然还敢反咬一口。

"金莲，我错怪她了。你才是天下最不贞洁的女人。"我对米娜冷笑。

"说好的同甘共苦呢？说好的坦诚相见呢？"她质问我。

"你为什么进他房间？他拿枪逼你了吗？"

"你就是靠不住，还没到生死关头呢，你就跟我有二心。"

"你靠得住？这野男人一勾引，你就红杏出墙……"蓦地，我的心口一阵刺痛。

"对！你出墙了。我敢肯定。"我咬牙切齿。

"刘不正，我正式通知你，最后之旅，到此结束！"她笔直地指着我，神态像个正义之士，如果此刻她手里有一把枪，她肯定会一枪崩了我。

"结束就结束！你的贞操早已余额不足，我何不痛快清零。"

"来吧，是时候发动撕逼大战了！"

"你不就是嫌我穷嘛，我穷，我就该死。我穷，我就该下地狱。"我回敬这个贱人。

"错！这跟穷没关系。以前你也穷，可是你什么都不怕，做梦都能笑出声来。现在呢，早晨你怕太阳升。晚上你怕夕阳红。你就是一个尿包！哈皮！烂脑壳的瘟三！"她一脸鄙视。

"你懂个屁！我怕的是我失败的人生。"

"你怕个毛啊！怕有用吗？怕你就能重返 18 岁了？你爸那朵奇葩花就变成马云了？你妈就能换个精子改写你的身世了？怕都没用，还怕个尿毛！"

我看着米娜慷慨激昂的脸，愣着，一时心虚起来，我都被她搞毛了，差点要抱住她的大腿跪地求饶了。

恍惚中，我突然想起来，在我和她相处的八年中，每一次，不管开始是谁的错，最后都变成了我的错，总是我给她道歉。怎么会这样？我怎么了？我到底在怕什么？

趁我和米娜吵架的工夫，那个叫张明的家伙，竟然悄悄抱着椅子挪向门口，准备逃走。

妈蛋，我竟然把他忘了。

我冲过去，对着他英俊的脸扬起了拳头，他吓得赶紧又蹲在了地上。

"说吧，你的白马，如何处置？"我冲米娜喝道。

"报警！"她干脆地吐出两个字。

"饶了我吧。女神，我错了，我再也不敢了。"张明面如死灰地求饶。

"我饶你妈卖麻花！再耍嘴，我让你娃死得梆梆硬！"米娜恶狠狠地骂着，她拿过手机，狠狠按下免提，开始拨110，话筒中传来嘟、嘟拨号音，像丧钟声声敲响……

张明的肩膀塌了，他瘫坐地上，绝望地垂着头，一副听天由命的样子。

桌上，张明的手机突然响了，是王菲《致青春》的歌声，她漫不经心地唱着：

> ……他不羁的脸，像天色将晚。她洗过的发，像心中火焰。短暂的狂欢，以为一生绵延。漫长的告别……

张明失声叫道："是我妈，是我妈的电话。"

米娜的报警电话已拨通，话筒里传来一男警察的声音："您好！这里是110，有什么情况，请讲。"

张明突然扑过来，手上的手铐带翻了绑在一起的椅子，他情绪失控地抱住我的大腿，哽咽道："是我妈，大哥，求求你，让我跟我妈说句话。"

我也不知道为什么，我抢过米娜的手机，冷静地告诉警察，是家里的狗不小心按的，一切正常。警察很负责任，他再次确认我是安全的，然后才挂了电话。

桌上，张明的手机兀自响着：

……良辰美景奈何天，为谁辛苦为谁甜。这年华青涩逝去，却别有洞天。疯了，累了，痛了……

我们三个人都愣着，一时有些无措。

张明的眼泪夺眶而出，他呜呜地哭出声来。

我拿过手机，打开免提，递给他。他用戴着手铐的双手捧住，哽咽着低声说："谢谢。"

而后，他迅速调整了表情，假装若无其事地笑着，拖长声音亲热地叫了一声："妈……"

一个女人的声音传过来，苍老，微弱，她焦急地询问道："孩子，你没事吧？你今天怎么没打电话来？我心口慌得扑扑跳，你没事吧？"

张明悄悄抹泪，控制着声音，故作轻松地："我……能有啥事，我好着呢。放心吧。老师说……还要带我们去……美国演出呢。"

张明妈欣慰地叹息一声："哎，好孩子，有出息呀。你好好上学，咱可不惹事啊。"

张明的身体抖动起来，他有些控制不住了，我突然很担心他会号啕大哭，他把脸转向一边，压住嘴巴和鼻子，有些不耐烦地冲母亲嚷道："……知道了，知道了，真啰唆，你记着吃药啊！"

张明妈连声答应着儿子，生怕他挂电话似的，急匆匆叮嘱着："……哎，明啊，你千万要好好吃饭，别减肥，下雨阴天带把伞，还有，走路小心点呀，躲着车……"

张明咬牙挂掉电话，他双手抱头哽咽起来。他说他妈不知道他已经休学了，还以为他在上学呢。

从他断断续续的叙述中，我了解到，这家伙原来是一名大三的学生，学的是影视编导。他读的那所艺术学校，很牛×，全国排名前五。他的同学也都很牛×，基本是官二代、商二代，或者星二代。像他这种穷人家的孩子，简直是稀有物种，他的衣服和物品，经常被同学们取笑和鄙视。

在他三岁时，父母离婚，父亲一去无踪，从此，孤儿寡母相依为命。他妈妈没有什么文化，只能靠出苦力活命。她做过保姆，在工地搬过砖头和沙子，现在，她给人家洗衣服，如果按照洗一件衣服平均收八块钱来算，妈妈大约需要洗五千件衣服，才能赚够他一年的学费。

他说妈妈的手，长年在冷水里泡着，肿胀开裂出无数道血口子，晚上疼得睡不着，她咬牙忍着一声不吭，怕他听见。可是他妈妈并不悲伤，她总是笑着说："等你大学毕业了，日子就好了。"

"真的会好吗？"他半信半疑地问我。

我和米娜面面相觑，无语。

也许，会吧。

希望，会吧。

我把张明的手铐打开了，他仍坐在地上，神情茫然。或者，现在看来，那是一种属于艺术的恍惚。

我觉得很有必要跟他谈谈,严肃认真的那种。他资质不错,那艺术学校没白读,不但学到了理论,还敢于大胆实践。就拿谋划绑架米娜这事来说,他集编、导、演、音乐、布景等于一身,充分体现了他的综合才能。如果算毕业作品,打90分,没问题。他应该珍惜他的天分,珍惜他考上的好大学,千万别像我,只读了个破技校,这辈子都别想抬头做人了……

一想到我自己,我本人是个技校生啊!

我的心突然乱了,像春天的荒野,草长莺飞,万念涌动。一瞬间,我思路大乱,不知该跟他谈什么了。

我没好气地踢了他一脚,凶道:"滚!滚回学校上课去。"

他难以置信地看着我,又看看米娜,米娜把脸扭到一边,不吭声。

他仓皇地爬起来收拾自己的东西,把它们胡乱塞进一个黑色双肩包,生怕动作慢了,我会改变主意。

他抓着背包,踉跄着向门口跑去,我脑子里突然划过一道闪电,我猛地跳起来,喝道:"站住!"

他一愣,继而扑通一声跪下来了,连磕两个响头,哀求道:"大哥,我回学校。我真回。谢谢您的不杀之恩,我永世不忘。"

我控制着情绪,却控制不住声音的颤抖:"你俩……睡没睡?"

他一愣,眼皮翻飞着,似乎在快速思索,是否该坦白交代。

他张开嘴,我恍惚看见一个响雷挟着闪电从黑色天幕中炸出来,我下意识地一把揪住他的衣领,使劲摇晃着,威胁道:"你要是敢,我就杀了你。"

……我不知道,我是在催促他,还是阻止他。

他的嘴巴张了张，闭紧了。他欲哭无泪地看着我，脑袋摇得汗珠四溅。

"我不信！"我大叫一声。

我明明听见他俩啪啪啪了。那罪恶的肉体撞击的声音，欢悦、奔放。彼时，我就站在门外，听得一清二楚。

"你想多了，那是扇耳光的声音。"米娜走到张明身边，以迅雷不及掩耳之势甩了他一个耳光。反手，又是一个。清脆、响亮，跟啪啪的音质有点雷同。"就这样。"米娜冷冷地说道。

米娜把张明推了出去，摔上门。

那个风一样的男子，离开了。

米娜站在门边，看着我，我也看着她，无语。

大团大团的浓雾升起来，在我们之间，弥漫。

我们看着彼此，缥缈、陌生，好像从未认识过。

也许，爱情就是一部充满假象与谎言的连续剧，曾经，我们都对它深信不疑。最终，却以各种姿势败露。

我独自回到房间，默默坐在地上，似乎已经坐了上千年。

米娜没有回来，不知道她去了哪里。

时间一分一秒地划过，如刀子，在我心口剜出一个黑洞，越来越大。

曾经，她那么重要，凡是我有的，我都愿意给她。在一起的那些时光，每一天，每一刻，每一件小事，都让我感觉自己是如此幸福，幸福得动不动就心碎。

一起走过的街道，买一份草莓味的哈根达斯，她咬一大口，我咬一小口，从街头，一直吃到街尾。

一起站在橱窗外看那些漂亮的包包，发誓将来一定会买给她。全买真的。

一起吃早餐的小铺子，总是点两碗面，一碗豌杂面，一碗酸菜肉丝面，每人先吃半碗，再换着吃另外半碗。

那么开心，那么富足。

我以为，可以这样过一生。但是，那么快，梦醒了，现在，一切都没有了。

我的天塌了！

房间里还留着她的东西，黑色蕾丝睡裙、红色高跟鞋、脂粉、香水，到处都是她曾经来过的痕迹，到处都弥漫着她的味道。

我拿过她的睡裙，放到脸前嗅着，如此熟悉，又如此遥远，好像她已经死了，我再也看不到她了。

我心如刀绞，哭得稀里哗啦，哭得我胸都湿了，哭得我直想喊妈妈……

关于童子命

天，终于亮了。

晨曦薄雾，冷露无声。

当我昏沉沉地来到屋外，才发现昨晚栖身的客栈，四面环山，景色秀雅，俨然世外桃源。

屋后，崇山峻岭，茂林修竹。

屋前，半亩方塘，鱼翔浅底。

塘边，大片大片的杜鹃花，妖艳绚烂，如女子，风情万种。

我望向远处，天光云影，薄雾缥缈，似有仙人出没。

一脉碧绿的山泉，从我眼前蔓延，蜿蜒指向远方，似某种神秘的指引，诱惑我前行。

我身不由己溯水而上。

行之不久，水面开阔起来，却越发碧绿通透，如巨大的绿宝石，流光异彩。

我看见一巨大的洞口，赫然横在眼前，我心一颤，这里是……"黑猪"视频里出现的地方？

是的，就是这里。我看见那个瘦高的男人走进了这个洞穴。

我毫不犹豫直奔洞中。

眼前突然暗了，等我适应了洞内的光线，才发现自己竟然置身于石头王国。各种巨石盘桓我的周围。他们似人、似兽、似虫、似鸟、似仙、似魔，或独坐沉思、或亲密依偎、或奔跑跳跃、或嬉笑打闹、或千军万马展开厮杀。

这是一个鲜活的世界。

他们正在生活，在创造，在热爱，在梦想。

然而，突然而至的一场变故，山崩地裂、移山倒海，将他们定格于那一刻，将彼时，变成永恒。

一时间，我进入时光隧道，触摸到来自远古的消息。

对了，这里应该就是世界最长的白云岩洞穴，世界最大的天青石洞穴。

难道，这里隐藏着"黑猪"说的那个秘密？难道，"黑猪"在这里等我？

我茫然四顾，周围空无一人，寂静无声，除了石头，仍然是石头。

不！有隐隐的声音从我脚下传来，我低头一看，吓出一身冷汗。原来我脚下竟然是长长的地下河，深邃、险峻，似缓缓醒来的魔兽要将我吸进去。

我感到巨大的凶险正在逼近，拔腿就跑，少顷，又定在原地，这里可是世界最长的白云岩洞穴呀，有 238 公里，我就算累死，都跑不出洞穴。

我清醒过来，顺着来路快速折返。

突然，在迎面一巨石上，我看到这样一句诗：**我不能告诉你所有的秘密，因为我的秘密还在生长。**

我内心一动，被这句话打动。

秘密？魅惑的字眼，充满不可言说的奇妙，以及不可预知的危险。

我也是有秘密的人。我的秘密也在生长。我不知道它会长成什么样子。

我微微激动起来，看着一侧的署名：梅尔。

很优雅的名字，应该是个优雅的男子，或者美好的女子。

如果是男子，他应该有着颀长的身材，面孔雪白，像一棵野生的白杨，挺拔瘦削，自带高贵。

如果是女子，她会有着怎样的容颜？又会有着怎样的眼睛？我想了又想，竟然无法描述她的样子，像一丛蓬勃的山茶花？或者一棵孤傲的玉兰？

莫名的，我对这位诗人充满了好奇，下意识地觉得，这首诗跟我的秘密有关。

我再次想到了"黑猪"，他没有给我太多暗示。从昨晚到现在，他一直保持沉默，按兵不动。

不！这样的说法，不准确。在我被彪悍男追杀的时候，他扔过石头砸玻璃。

是他，一定是他干的。

我问过快递男了，他以他妈妈的生命发誓，他没有扔过石头。也就是说，快递男不是"黑猪"。

"黑猪"另有其人，他始终躲在暗中窥视我。

我一路小跑回到酒店，去前台打听梅尔是谁？

大厅里静悄悄的，一个人影都没有，服务台竟然没有人。

我走上前去，才看见一个服务员正趴在台上睡觉。她枕着自己的胳膊，发出均匀的小呼噜声。嘘——嘘——像在轻轻吹着口哨。

我敲敲柜台，她身子动了一下，呼噜声停止了。少顷，口哨声又起。

真是有福之人，睡得如此酣畅。

嘭！嘭！我伸出手掌使劲拍了几下服务台。

她被惊醒了，猛地抬头看着我，头发散乱，眼神呆滞。我认出是昨晚给我办手续的那位女服务员。

她慌忙用双手拢拢额前的齐刘海儿，结结巴巴地嗫嚅着："刘……刘先生，请问……有什么可以帮您？"她神志尚未清醒，却努力作出应有的礼仪。

“你知道梅尔是谁吗？”

她没有说话，又下意识地用双手拢了拢她的齐刘海儿。

说实话，这发型很适合她，乡土气息浓郁。

“梅尔说‘我不能告诉你所有的秘密，因为我的秘密还在生长’。你知道他（她）是谁吗？”我再次问道。

她怔怔地看着我，神情懵懂，好像我来自外星球，说的是鸟语。

“这两句话，就刻在山洞的石头上。你竟然没看见？”

“到处都是石头，净刻着乱七八糟的话。”她噘噘嘴，语气有些不以为然。

“你从来不读诗吗？”我有些鄙视地看着她。

“又不当饭吃。”她轻声嘀咕着。

我打量她。纤细、瘦弱，露在蓝色半袖制服外的胳膊，细得像“百奇饼干棒”。她看起来像未发育的初中生，也许是长期营养不良，也许对她来说，活着，已是不容易的事。

“你叫什么名字？”我没话找话。

“桂花，王桂花。”她大声说道。

“真是个好名字。”我笑了。

她并未听出我语气里的嘲讽，愉快地说道：“我出生的时候，门前的桂树开花了，满屋子都是香气。”

我不喜欢桂花，渺小到让人忽略。为什么不叫个牡丹、芙蓉、玉兰之类的呢？

“刘先生，早餐7点半开始，免费的哦。”桂花脸上突然洋溢起喜悦，“我们的红油鸡面很好吃哦，有很多很多的鸡肉。”她加重“很”字的发音。

我看见她咽了一下口水，似乎那"很香"的鸡肉已咬在她的唇齿间。

米娜也很喜欢鸡肉面。

米娜还喜欢红烧兔丁、红烧鸡杂、红烧蹄髈……米娜，米娜，我为什么总是想到那个无情的女人？没有她，我能死吗！

我烦躁起来，转身冲向门口。那个女人，已经背叛了我。我要跟她恩断义绝、势不两立，从此相忘于江湖……

突然，一股冷风袭来，斜刺里冲出一个人，重重撞了我一下。

我毫无防备地失声惊叫一声，收住脚，恼火地看向冒犯者。

撞我的，是个男人。他的头发胡须乱蓬蓬的，像个野人。身上穿着黑色冲锋衣，肩背巨大的登山包，脚上踩着一双登山靴，手里还拿着一支登山杖。从他全身的装备看，应该是一名户外强驴。

"你没长眼睛啊！"我顿时无名火起。

他目不斜视地扬长而去，真是个蛮横无理的家伙。我悻悻地盯着他的背影，想起不久前遇到的一件事。

那天，我正背着我的天使翅膀在观音桥上发小传单，看见一对男女小恋人。各种驴友的专业装备一应俱全，大背包、太阳帽、运动水壶、照相机等等，面前还放着一张纸，上面写着：求20元吃饭。据说是出来旅游，钱包和手机都被偷了。

那男孩高大英俊，有两条小马驹一样健美的长腿。女孩留着齐肩的短发，有一张干净纯洁的脸。她靠在男孩肩上，微微垂着眼睑，黑睫毛又弯又长。

我一看到这对受磨难的小天使，立刻心酸得像个老泡菜坛子，掏出身上仅有的200元钱给他们，还诚恳地冒着泡泡说："真对不起！钱太少了，我也没什么钱，你们先用着吧，一切都会好起来的。真的，相信我……"我叭啦叭啦地一番真情告白，令他们感受到了人间温暖。

那男孩握住我的手，摇了好几下。女孩用她的黑眼睛默默地看着我。我觉得，他们的眼眶都湿润了。

这令我很满意。那天，我的小传单很快就发完了。

过了几天，是个周末，我陪米娜在解放碑逛街，又看见了那对小恋人。还是同样的装备，还是同样的表情，还是同样的纸片乞讨20元吃饭钱。

我躲在暗处观察，先后有六七个人上前送过温暖，有人送了好几张粉红色的毛爷爷。这对天使……不，天杀的，仍然没有离开的意思。

我太难了！这年头，长得眉清目秀的人都出来骗人了，我还能相信谁呀。

我走上前去，问那小马驹一样健美的男孩："你们准备去吃满汉全席吗？"

那男孩看着我，有一瞬的惊讶，迅速恢复镇定。那女孩张了张嘴，垂下了头，她的眼睫毛仍然又黑又长。

他们认出了我，却都假装不认识。

我向行人揭发他们的真面目，说他们是骗子，大家千万不要上当受骗。

那女孩神情忧伤，一言不发。

那男孩说他从未见过我，他还说做人要厚道，不帮忙也就算了，落井下石，真是让人寒心。他叭啦叭啦地，从生存危机，说到社会风气，从人心不古，说到意识形态，妈哟，我这才发现，他口才比我好太多了。

我看着那男孩的嘴唇一张一合，像鱼一样吐着泡泡，无数的泡泡飘浮在空气中，我虚弱地站不住脚，似乎马上就要飞起来了。

围观的人越来越多，大家怀疑地看着我，指指点点，似乎我是一个心怀叵测的坏人。

一时间，我百口莫辩。

正凌乱着，米娜果断地一挥手，冲那男孩说："少废话！是人是鬼，叫警察来看看。"

众人随即连声附和，米娜掏出手机，还没等她拨通，那对骗子就溜之大吉了。

米娜，就是这么干脆利落，从不拖泥带水。

我突然非常后悔，十二背后以及"黑猪"，如果我一开始就告诉米娜，毫不隐瞒地全部说出来，按照她的性格，早就水落石出、真相大白了。

如果是那样，就没有想飞的朱小幺，没有装 13 的快递员，我们之间也就不会有这么多的误会。

是的，一定是误会了。米娜都说了，那是扇耳光的声音。

这样一想，我非常欣慰，立刻掏出手机给米娜打电话，我有太多太多话要告诉她，我们分开好像有几百年了。

嘀、嘀、嘀的声音过后，是系统自动回复的声音：您拨打的电话，无法接通。

我继续拨打，仍然没有人接电话。她总是这样，一生气，就不接电话，不回短信。

唉！我长叹一声。

接下来，我该何去何从呢？

是去找米娜？还是待在这里等"黑猪"？

要是有个可以商量的人，就好了。比如哥儿们、亲人、朋友什么的，可以分享快乐，也可以分担痛苦。

"你真是太幼稚了！"我似乎听见满娃子的声音。他嘲讽地说，"又不是小孩子。"

我想起来了，这个话题，我以前跟满娃子探讨过。

"很多时候，我都很孤独。如果有个交心的朋友，多好啊！"我向他抱怨。

"你这样说，特别虚伪，不实在。"

"……难道你不需要朋友吗？"

"有什么意义呢，如果他们过得好，我并不开心。如果他们过不好，我也不开心。"

"朋友不就是为了一起分享快乐，再一起分担痛苦吗？"

"你太幼稚了！真正让人羞耻或躲在暗处哭的事情，我们不会告诉任何人。"

对于满娃子的话，我不愿意承认，却又无话反驳。

"每个人都有秘密，难以启齿。"他再补一刀。

满娃子真的越来越烦人，他长大了，说话总是戳人心窝子。我说东，他道西，我撵狗，他打鸡。真不知道，我们的友谊还怎么维持下去。

我还是喜欢小时候，我俩坐在傍晚的坝坝上，看着太阳一点点跌进山窝，我无话不说，他也无话不说。我俩就像连体人一样，形影相随。我开心，他就笑，我伤心，他就哭。

那时候，我们之间，没有秘密。

算了，满娃子，他都不相信朋友了。或许，他连爱情也不再相信了吧。

我没说谎，满娃子是有爱情的人。

在他十八岁那年，遇到过一道大坎。据说童子命的人不能破身，直白点说，就是不能行房事。一旦破了身，就得死。

可是，满娃子喜欢上了一个幺妹儿，天天去她家窗前唱情歌。

有一天，那幺妹儿终于跑下楼来，扑进他怀里，骂道："就没见过你这样骚气荡漾的少年。"

在那一刻，电光石火，满娃子突然顿悟，他在天上肯定是思春惹了祸。类似天蓬元帅那样，戏弄了嫦娥。估计也没怎么审，就简单粗暴地丢了下来，直接脸朝下，砸在地上。所以他的脸，类似事故现场。

可是他聪明呀，圆周率能背出一百多位。他没学过心算，一百以内的加减乘除，过过脑子就能出结果。

六七岁时，他爸去卖菜，他坐在菜摊旁，充当人肉计算器，他爸刚报出斤两，他脱口就能报出价钱，从没错过。

因为满娃子的存在，他爸卖啥都赚钱，卖啥都有一大堆人围着研究满娃子，似乎他是石头缝里蹦出来的怪胎。

满娃子奶奶知道后，一巴掌把他爸扇得满脸桃花开，她怕被天上管事的仙人察觉了，把孙子收走。

于是，满娃子他爸为了扰乱天人的视线，就用渔网做了个网兜，让满娃子在村口追着捕风。从东跑到西，从西跑到东，像脑壳进水了一样，边跑边哇哇乱叫。

再也没人围着满娃子研究了，村里人差点把大牙都笑掉了，说："那个傻儿，天天追风。"

直到上学后，满娃子再也不用对他的聪明才智遮遮掩掩。他上小学时，靠帮人做作业，吃遍了镇上小卖部的各种零食。上中学时，他靠着代作一次作业收两毛钱，积累起人生第一桶金：五百元。这要是生在巴菲特家族，他绝对能建立自己的商业帝国。

当然，满娃子再有商业头脑，那也是对别人，对那个小脸粉嘟嘟的幺妹儿，他从不谈钱。

到了高中阶段，满娃子是典型的学霸，没怎么用力，成绩始终保持在年级前五名。而他的小幺妹儿，则是经久不衰的学渣，聪明面孔笨肚肠。不管她怎么用力，从没有挤进前三百名。

幺妹儿的爸爸爱女心切，去庙里拜过普贤菩萨，在家里布置了文昌局，又给她脖子挂上了观音像。这下幺妹儿高兴惨了，有这么多菩萨帮忙，她连书都不用翻开了。

结果呢，她从三百名一举掉到了四百名，真成了垫底货。急得她老爹直挠墙。

但是，不怕！满娃子跟幺妹儿好上了，为她量身打造了一套学习方法，一盯二带三督促，她从此走上学渣逆袭之路。可能因为她进步太快，把满娃子的运气抢跑了，她如愿考上 985 大学，而满娃子，却落榜了。

对此，满娃子没什么可抱怨的，他都习惯了。他爸早就说过："你是童子命，是来人间受苦的。"

不习惯的是满娃子的班主任。那个未老先衰的大龄剩女，40 岁了，尚未把自己嫁出去。在 20 岁时，她扬言要寻找精神伴侣，大家肃然起敬。到 30 岁时，她不忘初心，大家觉得她是个笑话。眼见四十了，她仍死性不改，大家认定她绝对是疯了。

这个疯子跑到满娃子家红着眼圈逼问他："你自己说，到底是为什么？发挥失常？临场生病？还是判卷有误？"

满娃子一言不发，咧嘴露出一排白牙，冲她：呵呵。

满娃子心里明白：不存在的！这些原因，都不存在的！是他那个命，关键时刻，又跳出来作祟。

如果说高考之前，满娃子对童子命这事，尚且抱着挑战的态度。那么高考之后，他就彻底缴械投降了。这是他的临界点，压倒他的不是最后一根稻草，是一座大山，有生之年，他不可能从下面爬出来了。

支撑满娃子的，就剩爱情了，这是他拿命才换来的幸福。

因为那个童子命，有个"破了身就得死"的诅咒。所以，满娃子其实也曾纠结了很久。

为这事，满娃子跟我聊过。

"为了那女娃去死，值得吗？"我问他。

"不为她，最后也会死的。其实，死亡从一出生就开始了，不，应该更早，是从精子与卵子结合的那一刻。"

"活着多好啊！我的眼睛能看见各种东西，我的鼻子能闻到各种味道，我的嘴巴能吃各种各样的美食。"我承认我贪生，我跟满娃子不一样。

"其实也没什么，落叶归根，化成泥土，便是新生。"他叹息。

"你说的新生，是再一次陷入痛苦与挣扎的轮回吗？"

"对，所有的愚蠢、混沌、孤独与痛苦，都会重来一遍。"

"你确定？"

"确定！"

"那么幸福、快乐的那部分呢？也会重来吗？"我不甘心。

"幸福和快乐，你必须主动召唤，用尽全部的智慧和力量。"

好吧，听起来很难。

好在，还有希望。

因为"破了身就得死"这句咒语，满娃子思考了很久。一边是生命，一边是爱情。

孰轻？孰重？都重！

可是，眼见着幺妹儿这朵娇艳的山茶花，他不摘，就被别人摘了。

这事，满娃子是绝对不干的。于是，他冒着生命危险，把自己的童子身给破了。

就这样，满娃子和幺妹儿水乳交融，他们实现了负距离彼此拥有。

接下来的几天，满娃子开始发高烧，口吐白沫，昏迷不醒。估计是雌雄共振的时候，电波太强烈，传到了天上，被管事的仙人发现了，要把他收回去。

满娃子他妈不干了，这么多年，她也真是够够的。就算是神仙，也不能这么祸害人吧，一而再，再而三的，是死是活，来个痛快点的。

这个瓜婆娘一旦豁出去，胆子就大了。她把家里供的各路神仙都骂了个遍，彻底撕破了脸，又是上天庭告状，又是下地狱买通阎王爷，还把住在柴火垛里的黄大仙一家撵走了。

好一顿折腾，满娃子烧得更厉害了，全身火烧火燎的，像蛇蜕皮那样，在床上脱下一层皮，白色透明的死皮。

家里人都明白，这次，满娃子是非走不可了。

这情形，满娃子他爸见多了。所以，他不悲、不喜、不惊、不怒。他平静地在灶底摸了几把黑灰，均匀地抹在满娃子的脸上，好像要打发儿子去阴曹地府打劫。

满娃子他妈仍然在做最后的抗争，她从深山老林请了个道士，用满娃子穿过的衣服造了个稻草人，画符，念咒，一把火烧了。

这婆娘肯定是疯了，竟敢给天上送了个假的满娃子。谁知，竟然蒙混过去了。满娃子退烧了。

我去看满娃子的时候，他醒过来了，目光空洞，怏怏地躺在床上。

我成功避开了他的家人，没人知道我来过。我悄悄握着他的手，耳语道："满娃子，欢迎你回到人间。"

他无动于衷，跟一堵墙对视，摆出一副无欲无求的死样子，好像他跟这个世界没关系了。

我从枕头底下摸出一面小镜子，让他看看自己的嘴脸。他有些诧异，不明白自己怎么就变成了非洲土著。尤其是当他一张嘴龇出白牙时，他那张黑脸散发出迷人的诡异。

"莫慌，是你爸干的。"

满娃子不吭声。

"他怕你下辈子还来投胎，给你留个记号，你就去别人家了。"我在满娃子身边待久了，也变得神神道道的了。

据说被留下记号的孩子，再投胎，就会带着胎记而来。所以，我们会经常看见一些人脸上或身上有印痕，那是前世的记号。

满娃子嘴角掠过一丝讥笑，他恨他爸爸。我知道。

满娃子他爸，那个曾经壮实的汉子，像黄桷树，从石头缝里钻出来，遒劲、倔强。他生出无数的气根，想找一寸土地扎进去。但是，石头，四处都是石头。年长日久，他的那些气根就悬挂在半空，风吹日晒，像死去的希望，狰狞着。

现在，他什么都不想，什么都不管。他长时间坐在屋前的芭蕉丛下，咂他的旱烟袋，直到暮色把他吞灭，把他与黑暗融为一体。

"他对你冷，你走的时候，他才能不伤心。"我劝满娃子，希望他能大度一些，他已经给家里添了那么多麻烦，他不应该怪别人。

满娃子有点烦躁，他听不下去，让我滚蛋。我很固执，我不能放弃他，我们在一起很多年了，可以这么说，没有他，也就没有我，我们像连体人一样，互为依托。所以，尽管我很烦他，我也必须拯救他。

我带满娃子一起回忆往事，我只选那些美好的，温情的，能够发光的事来想。

在我的极力撺掇下，满娃子的思绪终于被我带回了小时候。

那段时间，满娃子全家住在一间四面透风的棚子里。因为他爸刚卖了房子，把钱都给了大师请他给满娃子改命。虽说没改成，但钱肯定是收不回来的。

于是，满娃子他爸抄起镰刀，钻进了竹林。

他砍来了很多毛竹，在河边斜坡坡上，用竹子搭起个茅草屋。他还顺便做了竹床、竹桌、竹凳子。就这样，他们一家三口住进了新家。

新家很温暖，梦里都散发着竹子的香气。

满娃子到了 7 岁上小学的年纪，他已经无师自通地认识了很多字，通过火柴盒、烟卷盒、包烧饼的旧报纸等等。

开学那天，他爸咬咬牙买了一块五花猪肉，他妈把肉和鲜笋子一起焖在锅里红烧了。

满娃子坐在灶前等，斜挎着他妈用头巾改成的花书包，手里捏着写满字的旧报纸，一边等，一边低头认字。

屋外，风雨飘摇，尖锐的风从屋顶上掠过，一次，又一次地，试探着，伺机发动进攻。

肉香四溢时，外面狂风大作，风从毛竹的缝隙挤进来，似乎急着抢肉吃。

狂风越刮越猛，支撑屋角的竹子被刮歪了，茅草屋摇摇欲坠。

满娃子他爸冲进风雨中，他光着上身，用肩膀拼命顶住倾斜的竹屋。然而无济于事，风雨肆虐，竹屋随时要被掀翻了。满娃子他妈匆匆盛了一碗肉让满娃子吃，掉头冲出去帮丈夫。

那天的情景，满娃子记得很清楚。他在屋里吃肉，他爸妈在外面一起用身体撑着快垮下来的屋子。

他爸还大声冲满娃子喊："莫事儿，你吃你的。"

……

回想起这些，满娃子好像不是那么恨他爸了。他低声问道："那次，你在吗？"

"我当然在呀。你所有重要的时刻，我都在。"

满娃子咂了一下嘴，说："那天的肉，真香！"

我们都笑了。我说："满娃子，振作起来吧，我会一直陪着你的。"

满娃子叹息一声，沮丧地说："没有用的。"

"会好起来的。你一定要相信我。"我鼓励他，虽然我也没有把握，是否真的会好起来。

"没有用的。"

"有用！命运是个孬种，你强它就弱，你弱他就强。"我肯定地说。

"没有用的，我试过了。"

"有用！身体是个蠢货，它只听脑子的。脑子让它冲锋，它就去夺取阵地。脑子让它消沉，它就死于心灰意冷。"

满娃子若有所思地看着我，眼神飘摇，如油将尽，灯将枯。

"想想你的幺妹儿，你在人间还有想头。"

满娃子长长吸了一口气，如吸饱了油的灯芯，忽地一跳，稳住了。他悠悠说道："幸好，我还有幺妹儿。"

我和满娃子紧紧地拥抱在一起，活着的感觉还是好啊！他不跟我拧巴了，我们俩又变得亲密无间。

就是这样，我是个正能量的朋友，在满娃子灰心丧气时，我总会灌他喝一些鸡汤。比如："满娃子，你做得很好！你真棒！你肯定行！"满娃子喝下这些鸡汤后，又暖身，又提神。

从那以后，满娃子就想开了，他觉得每活一天都是赚的，好像占了多大便宜似的。

但是满娃子对我，却比较负能量。就拿眼前这 200 万的事情来说，我跟他商量过，并展开过激烈的辩论。

"这可是 200 万，足以改变我的生活。"

"天上不会掉馅饼，只会掉陷阱。"满娃子不同意。

"我想得到它，富贵险中求。"

"你想要的太多，最后连原有的，也会失去。"

"我说过，我想要。"

"就过过平静的日子不好吗？"

"我说过，我想要！"我有些生气了。

"你会后悔的，别怪我没警告你。"满娃子不再理我了。

其实，我也不想理他，这个没有进取心的家伙，只满足平淡乏味的人生。他总是拖我后腿，我不想被他影响，我要改变我的命运，我要改变我的生活，我要过锦衣玉食夜夜笙歌的日子……

让满娃子见鬼去吧。

我在客栈门前一阵乱走，把脚下的木栈道踩得嗒嗒响。这是一大片休闲区，栈道悬空而建，立于池塘之上。

塘中是大片莲花，莲叶硕大、荷花含苞，尚未开放，却有暗香浮动。

池中，有一大群鸳鸯，它们双双对对，交颈呢喃，咕咕说着情话。据说鸳鸯是世上最忠诚的鸟，终生奉行一夫一妻制。

这些鸟，让我陷入羞涩。

突然，我的手机微信提示音响了，嘀、嘀两声，犹如银针刺向头顶。

果然是"黑猪"。他发来的短信内容很简短，就三个字：**五五分**。

我不能告诉你所有的秘密

千呼万唤，神秘的"黑猪"终于再次出现了。

我精神一振，却马上感觉不对，五五分？他的意思是每人100万！明明说好的200万，被他拦腰砍一半，我肯定不干啊！

我打出两个字：不行！在即将发出时，又停住了。

淡定！万一我直接拒绝，他一生气，这事黄了，那我不是白瞎了嘛。况且，到现在为止，我还不知道怎么回事呢。万一"黑猪"让我去杀人放火奸淫妇女，我肯定不能干！就是其他违法乱纪的事儿，像坑蒙拐骗偷，我……我也是不能干的啊！

不过，话说回来，如果干好事，堂堂正正的，谁会给我钱呢。

我陷入了纠结，一方面欣喜自己能够临危不乱，另一方面决心与"黑猪"展开较量。经过斟酌，我发出了两个字："面谈。"

我不能总听他摆布，我得试着控制局势。

沉默！他没有反应。

我等了一会儿，他又发来一条信息："算了，我找别人。"

眼看煮熟的鸭子要飞了，我有点慌神，转念一想，他不过是在虚张声势罢了。我稳住自己，问他："先告诉我是什么事？"

"干？不干？"他回复得很迅速。

可恶！这个"黑猪"，神猪见首不见尾，他指使我去干坏事，他在暗中收钱，一旦风吹草动，我将成为替罪羊。狡猾得很呀，看来是个老手。

"我再想想。"我回复他。

"尽快。"他发来这两个字，再无声息了。

我茫然四顾，一时间恍如梦中，毫无头绪，便在客栈四周溜达起来。

这时，客栈门口传来欢快的笑声，是一群年轻人，正在一巨幅海报前拍照。他们大约七八个人，无论男女，都穿着橙色的登山服，戴着头盔，每人背一登山包，上面写着：十二背后。

应该是外地来旅游的人。

我不由自主地多看了两眼，他们之间会不会藏着"黑猪"呢？

我貌似随意地走过去，假装看海报，竟然是拍摄电影《战狼》的那位硬汉吴京。他在这里拍了另一个电视综艺节目《出发吧 爱情》。

"天哪！吴京在这里住过一个星期耶！"一个胖女孩兴奋地叫起来。

"那又怎样？"

"我要换房间，我是他的铁粉，我要住他住过的房间。"胖女孩把脸贴在吴京的脸上，连拍几张照片。

"你来晚了，他睡过的床单早就换了。"一中年男人打趣道。

众人一阵大笑。

"讨厌！"胖女孩撇撇嘴，冲众人问道，"哎，你们说这十二背后，到底是什么意思吗？"

"关于这个名称，流传着很多版本，有人说有十二条岔道，有人说有十二口深潭，还有人说地下的深沟转了十二道湾。"一戴眼镜的男孩郑重其事。

"不对！十二不是量词，是个形容词。截至目前，没有人知道这里究竟有多少岔道，有多少深潭，也没有人能够全程穿越，毕竟它经历了7亿年的沧桑。"中年男人提出不同意见。

"据说地下大裂缝深不可测，上达天庭，下通地狱哪！我真的很想穿越回唐朝，那我一定很抢手，哈哈。"胖女孩一脸兴奋。

"反正我把遗书都写好了。我的猫和狗，留给闺密，房子留给我弟弟。"一短发女生满不在乎地说道，她双手插在裤兜里，嘴里嚼着口香糖。

"讨厌！你又吓唬我。"胖女孩推她一把。

"据说多年前有三个当地的采药人进了深山，就再也没出来。过了几年，从地缝里冲出来三具白骨。"短发女孩不苟言笑。

胖女孩一脸震惊，难以置信地眨巴着眼睛喃喃道："我……还没跟家里人告别。"

"还有，前两年有一群人进去探险，有人被大蟒蛇生吞了。"说话的，还是短发女孩，她神情莫测，也不知道是真是假。

"啊！吓死宝宝了。那……咱还去吗？"胖女孩惊恐地双手捧住下巴，心有余悸地问道。

"你最好不去，那蟒蛇饿了很久，正等着改善生活。"短发女孩口气冷漠，不带任何感情。

胖女孩脸色大变，吸了吸鼻子，嘀咕道："我就知道，你不想带我进去。"

"你体质不行，心理素质更不行，出了问题，肯定拖累我们。你们大家说呢？让她去吗？"短发女孩很爽快，她看起来是个厉害角色。

几个人吵吵起来，我不想听他们扯下去，转身走开了。

客栈背后，崇山峻岭、莽莽丛林。近处，亭台楼阁、花树摇曳。似乎隐藏着无数的秘密，欲说还休。

我穿行在亭台间的木栈道上，凝神沉思，想尽快把事情理清楚，拿出对策。可是我头疼欲裂，好像有一窝野蜂在里边安了家。

"我的神呀，快救救我吧。"我抱住脑袋，痛苦地呻吟道。

"求神不如求己。"蓦地，一个声音传来。

我一惊，睁开眼睛，眼前并没有人。四处瞅瞅，终于发现了声音的来处。

在繁茂的荷花池边，一位光头老者盘腿坐在蒲团上，宽袍大袖，白衣白裤布鞋，他干瘦挺拔，有道骨仙风之范。

只见他双目微闭，双掌合十，右腕戴着一串紫檀手串，一副老僧入定的样子。

这老者面向东方而坐，阳光给他脸上镀上一层金光，祥和、淡然。他静静地呼吸，一呼一吸，悠长、深远，似乎每一次呼吸，都是最后一次。

我又惊又喜，他大概是个得道高僧，看破红尘，到这深山老林来修行的吧。

我立刻想到武侠小说中的女主或男主，总在走投无路之时，遇到高人搭救。

我急忙上前，双掌合十，弯腰行一礼，恭敬地问道："师父，看您像个得道高人。请问您能预测吉凶祸福吗？"

他缓缓地摇头，并没睁开眼睛。

"梅花易数？生辰八字？都行呀。"我急切地问道。

他再摇头。

"起卦？画符？咒语？总会吧？"

他再摇一下头。

"那你总该会点什么呀？"

他不再反应，连头也懒得摇了。

我皱起眉头，不甘心地看着他，难道就是个吃饱撑着没事干的糟老头？

嗯，极有可能。听说钟南山上有两万多修行的男男女女，他们在红尘中待烦了，就跑到山上躲清静，农民的破草屋都不够用了。

于是，当地农民也有幸坐在了经济大潮的风口上，顺势把房租涨到了每年两三万块。这不好。很不好！本来人家小哥哥小姐姐都是奔着世外桃源来的，修个行呀，炼个丹呀，厌个世呀，什么的，结果还要为房租发愁。

这山上的日子，也是过不得了。

于是，修行的小哥哥小姐姐就陆续下山了，还是在城里租房子吧。

眼前这个老头儿，装模作样的，还不定怎么回事呢。

我这双眼睛呀，真是看得太多了。我哑然一笑，准备离开。

"来，我教你呼吸。"他睁开眼睛，像煞有介事地看着我。

"呼吸？谁不会呀。"我都差点被他气笑了。

"你就不会。你的呼吸，又粗又浅，又惊又乱。"

"哎呀，师父，你好好修炼吧。我就不打扰了。"我转身就走。我一头官司，哪有闲心跟他扯闲篇。

"心静了，你就知道该怎么做了。"他淡淡说道。

嗯？我停下脚步，好像……话中有话呀。我禁不住问道："你……看出我有事？"

"不是事，是劫。"他神情淡然。

"你怎么看出来的？"

"活得久了，自然就看出来了。"

大师无疑了！指点迷津有望了！我赶紧转身回来，心想，妈哟，你早说嘛，会就会，不会就不会。这都跟谁学的呀，非要故弄玄虚地绕圈子。不就是想多收点钱嘛。

白衣大师让我在莲花池边坐下，双手垂于膝上，闭上双眼，全然关注自己的呼吸。

按照他的授意，我开始练习呼吸，轻轻地吸气，轻轻地呼气。

有一股清风进入鼻腔，滑过喉咙，进入肺部，再到达腹部。它是白色的，干净、温润。这口气，要一吸到底，直到再也吸不进去。

然后，再吐出一口气，缓缓的，长长的，把体内的气全吐尽了。

深深地吸气。深深地呼气。如此几次，我感觉到白色气体进入我身体的每一个细胞中，黑色的毒汁被挤压出来，汇集成一股黑雾，被推出体外。

呼吸，一呼一吸，纯净的、鲜活的气体被吸入体内。我整个人慢慢充盈，像充气娃娃一样，全然饱满起来，直到每一寸肌肤，每一个细胞。

我变得干净、透明，宛若新生。

我感到从未有过的温暖、惬意、放松。

恍惚中，水声远了，鸟鸣远了，我舒展的身体，如同一段吸饱水的木头，慢慢地沉入水中……

不知道过了多久，我睁开眼睛，意识到自己躺在木栈道上，睡着了。

完了！我一惊，坐起来。

我被下迷药了！我被算计了！我慌忙摸摸手机和钱包，都在。我再摸摸自己，无损，没有被强暴。

花香阵阵，流水潺潺，鸟鸣啾啾，一切都没有改变。只是，那个白衣老头不见了。

他何时离开的？我一无所知。他去哪儿了？我也一无所知。

我知道的是，这一觉睡得好舒服呀。几天来，那头可恶的"黑猪"蹂躏得我身疲力乏、精神恍惚。此刻，一场短睡之后，我精神抖擞、活力四射。小哥我又满血复活啦！

一个念头涌上脑海，作为机智勇敢的我，为什么不反其道而行之呢？

想到此，我心头一喜，七窍八脉为之一通，立刻掏出手机，飞快给"黑猪"发了一条信息："出来吧，我知道你是谁了。"

我要变控制为反控制，牵着猪鼻子走，看看他如何反应。

睡一觉，果然有好处。心静，人定，双商瞬间提升。

感谢那个老头。对了，他是怎么把我弄睡着的？难道对我施展了催眠术？他是敌是友？他的出现是偶然？还是必然？

一连串的疑问，小蝌蚪一般在我脑海中乱窜。我四处搜寻，仍未见那老头的影子，也没有留下任何踪迹，他像阳光下的一滴水，蒸发得无影无踪。

我等了二十分钟，"黑猪"没有任何反应。

我有些忐忑，他不会真的去找别人了吧？

我心念一转，试探着又发出一条微信："我还是报警吧。"我想看看这头猪，会有什么反应。

谁知微信刚发出一会儿，我就傻眼了。

因为警车真的来了！

一辆警车呜呜叫着，开到客栈门前。车一停，下来两个警察，匆匆奔酒店而去。

我吓傻了，下意识地想逃走，可是脚跟发软，竟然寸步难移。天哪！我只是说说而已，并非真的想报警啊！

难道警察是我用意念呼唤来的？难道我在睡觉时拥有了特异功能？难道那老头是外星人想联合我毁灭地球？或者，我本来就是外星人安插在地球上的间谍……

我靠！这都什么时候了，我还在这里瞎比比。抓重点！抓要害！

对！手机！我刚刚给"黑猪"发了信息，我和他的所有罪证都藏在手机里。心念一闪，智慧如我，以迅雷不及掩耳之势将手机抛进了荷花池。

立刻，我轻松多了，长长呼出一口浊气。

我迅速在脑海里模拟警察审问我时的情形，展开一问一答。一人分饰多角，正方、反方、围观群众等等。总之，瞬间我戏精上身，一人撑起了一部悬疑大戏。

警察：你叫刘方正？

我：知道还问。（别，别转。还是老实回答：是。）

警察："黑猪"是谁？

我：不认识。

警察：老实点！你和"黑猪"有微信往来记录。

我：手机被偷了。

警察：何时被偷？

……何时？这是个陷阱，必须高度警惕。

如果说三天前，朋友、家人会证明我用过手机。如果说两天前，服务员王桂花看见我用过手机，我总不能杀了桂花灭口吧……天哪，乱了！这团乱麻，完全无法理顺啊！

这戏演不下去了，我急得团团转，一时间，不知如何是好。

"刘先生，刘先生。"一阵匆匆的脚步声传来。

我抬头一看，目瞪口呆，竟然是王桂花！她……她自己送上门来啦，那我也不敢下手啊！

王桂花匆匆跑来，一副鬼急火燎的样子。"刘先生，警察找你。"

"……警察找我？"我内心一惊，完了！肯定是"黑猪"暴露了。

"快走吧，警察等你呢。"

"我……什么都没干，我真的什么都没干啊！"我惊慌失措地叫起来。

"还说你什么都没干。你不惹她生气，她能跑出去吗！你们这些男人，真差劲！"王桂花责备道，脸上浮现一丝愠怒。

我呆呆看着王桂花，不明白她什么意思。

"暂时还不能确定出事的人，是你女朋友。"

"米娜？！她怎么啦？"我脑袋嗡的一声响，怔了怔，撒腿向客栈跑去。

两名警察正在大厅等着我。

原来有一名女游客误入原始森林，出事了。目前昏迷不醒，生死未卜。警察根据发现她的游客提供的信息，年龄、长相、衣着等，与我进行了核实，基本能确定就是米娜。

警察告诉我，根据他们掌握的情况，米娜是在天坑区域遇险。目前，搜救人员已进山救助。让我安心等待，不要悲伤。然后，他们就走了。

不要悲伤？怎么可能，米娜可是生死未卜啊！

都怪我！如果不是我，米娜不可能来这个鬼地方，更不可能一个人跑到天坑里去。

我又急又慌，万一她跌进深涧，万一她遭遇大蟒蛇……我想到客栈门前那短发女孩的话，顿时脊背发寒，一阵毛骨悚然。

我坐在沙发上发呆，泪水潸然而下。

突然，有人碰了碰我的肩膀，抬头一看，是王桂花。她递给我一沓纸巾。"你不该让一个女孩子，单独进山。"她低声说道。

我不想说话，沉浸在悲痛中。

"山里的情况很复杂，就是我们当地人，也不敢乱闯。"她还在啰唆。

我下意识地伸手去掏手机，想打个电话给米娜。

手——机？我的手机呢？我想起来了，它……在荷花池里。

为什么离我近的人，离我近的东西，都没有好下场。比如米娜，比如我的手机。

我这样的人，是命中自带煞气吗？我木然地向大厅外面走去。

"刘先生，你没事吧？"王桂花担心地问。

我兀自出了大厅。王桂花默默地跟上来。

"刘先生，你别难过，救援的人，已经进山了。"王桂花低声安慰道。

我一路沉默着，走到那片荷花池边，蹬掉鞋，就径自下了池塘。

"哎呀，要不得！你一个大男人，怎么能寻死觅活呢。"王桂花大惊失色地叫起来，她以为我不想活了。

"别吵吵，有那闲心，下来帮我捞手机。"我没好气地嚷道，真是快被她烦死了。

这村姑也是个死脑筋，竟然想都不想就下水了。

池塘里的水并不深，刚到膝盖的位置。但是淤泥很滑，水很快被我俩搅浑了，哪里还有手机的影子。

我们先后捞起几段莲藕，两截枯木，一个啤酒瓶，每一次惊喜过后，都是失望。

我累得腰酸背疼，心情十分沮丧，已决定放弃了。

王桂花仍在埋头搜索，小脸上沾满了黑色的淤泥。"呀！"她再次低呼一声，将双手潜到脚边，小心翼翼地抠出一东西，举在手里，竟然是一只女式单鞋。

"呀，搞不好是一出谋杀案。"我嘲讽道。

王桂花惊叫一声，仓皇甩开手里的女鞋，她身子一歪，一屁股跌坐在水中，肉身溅起巨大的水花。她的身子失去平衡，向后仰去，池水瞬间淹到了下巴颏儿。

我急忙上前，想把她拖起来。不料，她的脑袋飞快没入水中，只剩下一把黑色的头发散在水面上，恐惧而怪异。

我正呆着，突然王桂花浑身湿漉漉地从水中浮起来，她紧紧闭着眼睛，手里抓着我的手机。

"你吓死我了。"我上前扶住王桂花。

王桂花在水中站稳了身子，举着我的手机，向我灿烂地一笑，笑得眼睛眯成了一条缝，弯弯的，像月牙。

她把手机递给我，而后，她甩甩头发，又下意识地拢了拢她的前"门帘"。

我暗自好笑，说道："桂花，你这发型早都过时了，不好看，剪了吧。"

她很认真地看了我一眼，倔强地说："就不，就好看。"她转身向岸边走去。

我和王桂花再次回到客栈。

王桂花掌握的生活小窍门派上了用场。她用面巾纸裹住湿手机，把电吹风调到低挡，轻轻地对着手机吹拂。手机里边的水蒸发出来，把外面包裹的面巾纸弄得皱皱巴巴的。

过了一会儿，她将手机递给我，我迫不及待地拨打米娜的电话，话筒里传来刺啦啦的声音，仍然是无法接通的状态。

我叹息一声，其实，我不应该对桂花的土办法抱有太大希望。

"刘先生，我回家了。你有事找值班经理，他随时都会帮你。"王桂花从柜台下面拉出一个双肩包，她背着包向大堂门口走去。

"哎，你怎么说走就走了。"我有些失落。

她瞥了我一眼，快步向前走去，并不想停留。

"桂花，桂花，你走了，我怎么办？"我跟上去，小声问道。

"你想干啥子吗？"她低声嘟囔着，停住脚。

"我……需要你……"我支吾着。

"你……不要脸！你女朋友都出事了，你还这样。"她的脸一下子红到了耳根，又惊又愤。

我愣一下，随即醒悟。唉，这傻村姑，她想哪儿去了，真是的。

我摆摆手，解释道："我想进山找我女朋友，我需要你的帮助。"

她这才回过神来，尴尬地嘀咕着："搜救的人已经去了，你还是听警察的吧，在这里乖乖等着。"

我固执地坚持要她陪我进山，除了她，我在这里谁都不认识。况且，她曾说过她家住在附近镇上，肯定对山上的情况比较熟。

王桂花不同意，她拒绝了我。

"桂花，我知道你是个好人，我一见你，就知道你很善良。我需要你的帮助。"

"我答应妈妈了，今天回家帮她种向日葵。"

"向日葵重要？还是救人一命重要？"

"可是，我答应妈妈了。"

"你妈妈肯定也是个善良的人，她不会怪你的。"

"……我真的不想去。"

"你那么善良，你怎么忍心见死不救。"我缠着王桂花不放，最终，她无可奈何地答应了。

王桂花站在客栈门外，给她妈打电话。

她语气温柔，唯唯诺诺地刚说了一句"妈妈哟，我今天回不去了"。

手机话筒里立刻爆发出一阵哇哇大叫，听得出来是个暴躁的女人，她声嘶力竭地一通高声狂吼。

王桂花龇牙咧嘴地听着，她双手攥住手机，紧贴在耳边，诺诺地央求着："妈妈哟，你莫生气，妈妈哟……"

这可怜的孩子，命真苦，竟摊上这样的母亲。

王桂花的妈妈在电话里哇哇大叫，夹杂着破口大骂。桂花一定很难过，她紧咬着嘴唇，眼睛里有泪光在闪烁。

如果是我，肯定早把电话挂断了。

这村姑却是个死脑壳，她双手攥住话筒，紧贴在耳朵上，好像生怕错过她妈喷出的每一个脏字。

投胎真是个技术活。投得好，就是王子公主。投得差，非驴即马。

现在看来，我和王桂花，都属于后者。

王桂花终于通完电话，她长长呼出一口气，站直了佝偻的腰身。

"亲妈？"

她默默点一下头。

"人没法挑选父母。是吧。"我说。

"人也没法挑选命运。是吗？"她低声问。

"可能，是吧。"我心想。如果可以选择，我不想做我父母的孩子。而他们，肯定也不想做我的父母。我们对彼此，都很失望。

地心之门

双河客栈一侧的土路，可直入深山。

王桂花带我抄近路上山，直入这片有几亿年沧桑流变的原始森林。

这里，密林丛生，遮天蔽日。峰丛峡谷，幽潭飞瀑。

不知不觉间，我似乎穿梭时光进入大片《阿凡达》的莽莽山林之中。

举目四望，巨大的山体，由于遭受亿年风雨刀剑的侵蚀与切割，变成林立的悬崖峭壁，乱石参差危耸，如匕首，直刺苍穹。

我顾不得欣赏这雄奇的景观，一心念着寻找米娜，埋头在半人高的荆棘与杂草丛中穿行。我的手被撕扯出道道血痕，双脚也不时被草藤缠住。

寂静的山林被我和桂花惊扰，头顶的枯木不时发出嚓嚓的断裂声。

突然，湿滑的腐叶，令我一脚踏空，摔倒在地，直向崖下滚去。我所及之处，风化的岩石碎裂，乱石滚动。

"啊!"王桂花尖声惊叫。

我的身体已失去控制，仓皇中，我双手抱头，翻滚而下，直到被一棵大树挡住。

王桂花匆匆赶到我身边，双膝一跪，磕头便拜了起来。她口中念念有词道："仙人莫怪，无意冒犯，请勿怪罪。"

我惊魂未定地睁开眼睛，就见一巨大的石柱矗立面前，形状似古代淑女，裙袂飘飘，发髻低绾。她目视远方，肯定又是一位来自旷古的怨女子，被情郎抛弃，执拗地等待在此，直到把自己变成了一座石峰。

我看王桂花跪在地上，对着那块石头像煞有介事地磕头作揖，不禁又好气又好笑，也不先来看看我的死活。

"快走，这是仙女峰。"王桂花爬起来，拽着我就走。

"就是块石头罢了，又不吃人。"我不以为然。

"别乱说，会遭报应的。"王桂花急急地打断我，神情紧张。

"我又没干过伤天害理的事儿。哎，仙女，你干吗找我的麻烦？"我故意逗王桂花，冲着那座石峰喊道。

"哎呀，冒犯不得。你这人，真是的。"她急得直跺脚。

"不就摔了一跤嘛，又死不了，我没事儿。"

"前几天，有个女大学生，就是从这儿摔下山崖的。到现在，还没找到尸体呢。"

"啊……"

"都说她……她在等……"桂花哆嗦着嘴唇，不说了。

"等什么？"我不解地追问道。

"等一个男的，跟她……做伴。"她脸色苍白，几乎耳语般的声音。

我忽然明白了，那年轻的女孩，徘徊着不走，是在等待一个可以相伴去阴间的男人。"天哪，她可千万别看上我。我这人，一身怪毛病，又穷又抠还不讲卫生……"我嘀咕着。

呼啦啦，突然，空中响起一阵诡异的声音。随即，一大片黑压压的东西直扑而来，如乌云压顶。

我愣怔着，看见一群黑色的大鸟，从我们身边迅疾飞过。

它们掠起寒风，飒飒呼啸，把我的衣襟都刮了起来。

不知道它们从何处而来，转瞬又去了哪里。

时间停止，万物肃然无声，空气里弥漫着莫名的恐怖。

王桂花蹲在地上，身体微微颤抖着，缩成一团。

我的目光追随着大鸟远去的影子，它们渐渐与天色融为一体。

王桂花不说话，背对着我，又跪在了地上。她双手合十，闭着眼睛，嘴里嘀嘀咕咕着，不知道又在祷告些什么。

"是……喜鹊。没事儿。"我安慰道。

"是——乌——鸦！"她颤抖着挤出几个字。

据说，乌鸦是一种能预知不祥的鸟类，我心头一紧。

一路继续攀爬，山间崎岖险要，诡秘异常。

在半山腰处，我看见一片陡峭的绝壁之上，有一巨大的洞口，箐木掩隐、青藤遮蔽，散发着凛然奇异的气息。如果这洞口前突然出现一个咆哮的野人，似乎也合情合理。

我驻足观看，那洞口之前，似乎有人类生活过的痕迹。可是地势如此险峻，除了猿猴和野人，人类怎么能攀到上面去呢？

我没有问桂花，怕她又说出什么惊悚的事情来。

逆沟谷而下，不久进入一深邃的谷底。

置身阴森的沟壑，四处幽暗莫测。乱石丛生，枯木盘亘，如混战过后的古战场，兵荒马乱、尸横遍野。

暗流河发出汩汩的涌动，如怪兽沉重的喘息，令人想拔腿逃走。

四周黑黢黢的悬崖峭壁，如刀削斧砍过，变身乱舞的群魔。他们狰狞着，张牙舞爪地扑来。

然而，逃避无路，光线越发昏暗。

惊慌中，我和桂花的手抓在一起。我循着微光寻找出路，只见一条巨大缝隙，像一把寒光四射的宝剑从山顶直插溶洞底部。因为有重重石崖的阻隔，这裂缝呈现出参差凌厉的气势。似乎是上古天人一怒之下挥动神剑劈开山峰，上达天庭，下入地府。

这里，应该就是七亿年前天崩地裂时制造的奇观吧。

而我此刻站立的地方，应该就是地心之门。

我小心探看着脚下的地门深渊，一眼看不到底，似有红蓝交织的烈焰在燃烧。我打了个寒噤，也许死后，我们都要去那里接受最后的审判吧。

桂花靠近我，紧紧抓住我的手。她的手冰冷僵硬，寒气逼人。

我拽住她，想拉她赶紧走出这个谷底，她却一动不动地僵在原地，眼睛直勾勾地看着前方。

我顺着她的视线望去，猛然一惊，愣住了。

是……蟒蛇？肯定是一条蟒蛇。

它隐在黑暗中，与岩石融为一体，两粒红色的眼睛，诡异、突兀。

我打了个冷战，听见桂花的牙齿磕着牙齿，咯咯作响。

我拽拽桂花，示意她跟我悄悄撤退。

我们盯住那红色的眼睛，一起轻轻向后退去。不料我一脚踩空，跌倒在地，桂花也被我顺势带倒，两人惊慌地跌作一团。

突然，一道雪亮的灯光射过来，打在我的脸上。

"来送死。"黑暗中，响起一个男人的声音，阴冷、瘆人。

那个男人迅速逼近面前。我终于明白了，原来先前那两个小红点，是男人头盔上的照明灯。此刻他将灯调到最亮，照射着我们。

男人站在我们面前，他的头发和络腮胡子很长，像个野人。

王桂花坐在地上，用手揉着脚踝，慌乱躲避着光线的直射。

"起来！"男人冲王桂花喝道，声音凶巴巴的。

我心头闪过一丝不祥的预兆，这突然冒出来的男人绝非善类。他是命案在身的凶手？是越狱逃亡的囚徒？或许他不止一人，还有同伙……

我扫视周围，乱石丛生，危机四伏，我吸了一口凉气。

"是你？客栈的服务员。"那男人冲王桂花说道。

"啊……"王桂花用手挡住眼睛，努力辨认着，终于看清对方，她愣了愣，"哎呀，你吓死我了。"她呼出一口气，欣慰地拍了拍胸口。

原来王桂花和这个男人认识。

王桂花坐在地上继续揉着脚，嘴里咝咝地吸着冷气，也许她伤得挺重，并没心思为我俩做介绍。

"兄弟，你好啊！我终于看见活人了。"劫后重生的惊喜，使我热情地跟男人打着招呼。

那男人没说话，对我的热情毫无反应。

此时，我也认出了这个男人，正是曾经在客栈大堂撞我的那位户外"强驴"。

"哎，兄弟，咱俩见过呀，今天早上，就在酒店大堂，你还撞了我一下呢。"我兴奋地拍着男人的肩膀。

他甩开我的手，向旁边挪了几步。我看出来了，他并不友好。

"我们来找人的，他女朋友被困在山里。"王桂花解释道。

"你，起来。"男人对王桂花命令道，声音冷漠。

我上前搀扶王桂花，她借着我的力气，总算站了起来。

"走。"那男人吐出一个字。

"去哪儿？"我尽力控制着声音，以免暴露我的不满。

"跟我走！"他加重语气。

我和王桂花站在原地，沉默着，同时表现出对这个男人的抵触和不信任。

男人并不搭理我们，转身向前走去。那团光亮越来越远，被黑暗一点点吞噬，只剩小小的一团儿。

我的怒火再也无法控制，冲那男人喊道："喂，你站住！冷血动物。见死不救，你会遭报应的。"

男人不说话，只见那一团光继续向远处移动，随时都可能消失不见。

"喂，你还是不是个男人，你还户外'强驴'，我看你就是个强盗！王八蛋！"我被这个无理的家伙气坏了。

"走？还是不走？"男人的口气很淡定，好像我骂的不是他。

"走！你能！你厉害！"我悻悻地喊一声。拉起王桂花。

"不，我们自己走。"王桂花小声嘀咕着，态度却是坚决的。

"往哪儿走啊？咱俩东南西北都分不清。"

"他……是个怪物。"她站在原地不动。

"他不吃人就行。"我强行拖着王桂花向前走去，她的身子使劲向下坠着阻止我。

这些女人，可真麻烦，也不知她们怎么想的，脑子好像感染了病毒，随时死机。王桂花奋力和我拉扯着，一时竟然难分胜负。

"这是迷宫，你们出不去。"男人从远处喊道。

王桂花从兜里摸出手机，按下110的号码，话筒中传来嘟嘟无法接通的声音。她不死心地一遍遍拨着这个救命的号码。她一定是昏了头，才会忘记我俩一进大山，手机信号就断了。

黑暗中，那男人的身影转瞬不见了。

我甩开王桂花，拔腿就走，冲男人的方向喊道："哎，兄弟，等等我。"

王桂花急了，质问道："哎，姓刘的，你有没有良心？"

"我可不想死在这里。"我脚步不停。

王桂花气呼呼地追上来，嘴里低声咒骂着："混蛋，你们都是混蛋！"

我暗自发笑，对付女人，讲道理是没用的，激将法果然最有效。

我和王桂花一前一后向前追去，拐过一座石峰，又看到了那团亮光，那个家伙靠在一巨大的石崖上。

我和王桂花没有犹豫，径直向他靠过去。只有靠向这个莫测的男人，才能甩掉身后无边的暗黑，以及暗黑中隐藏的魑魅魍魉。

三人一路无话，在山洞中摸索前行。

男人带着我们一会儿进洞，一会儿出洞，他走的应该是近路。

光线越发暗了，我们向洞的纵深处走去。

桂花因为扭伤了脚，走得很慢，不知道是否顾及到桂花，男人慢下来，在他头灯的照耀下，我得以看到洞内景观。

这里真可谓是地下迷宫呀，洞挨洞、洞连洞、洞上有洞、洞下有洞、洞中套洞，洞外还有洞。洞内的乳石经过几亿年的岁月流变，滴水与石头结成冰晶，石瀑布、石旗、卷曲石、石膏晶花等形态随处可见，如琼楼玉宇、雪树银花，呈现出壮观的岩溶地貌。

我被眼前的景象所震撼，呆在原地，如置身梦幻中。

桂花碰碰我，扯我一把，我如梦初醒，赶紧跟上男人的步伐。

不久，来到一壮阔的瀑布前，不，是瀑布的背后。原来，这山洞的洞口竟然被湍急的瀑布挡住了，而这里，是唯一的出路。

飞流直下的水声发出巨大的轰响，震耳欲聋。我脚下的土地在战栗、嘶吼。水流裹挟着阴风滚滚而去，强劲的吸力似要把我吸进漩涡。

王桂花惊慌失措地跌进我的怀里，我看见她的脸，惨白如纸。

借着从瀑布间隙透进来的光线，我寻找那个带路的男人，当我的目光在洞中搜索时，再次被镇住。

昏暗的光线下，山洞呈现出人类生活的痕迹：干草地铺，摊着被子；树枝架起的简易锅灶，吊着一铁锅，旁边是一堆木柴；一根巨大的朽木桩充当着桌子，上面放着水壶、碗筷等，我甚至还看见一堆方便面和面包。

"……这是什么地方？"我的声音立刻被水声湮灭。

一道光划破昏暗，一支蜡烛被点亮了。

摇曳的烛光里，我看见那男人向我们走来，我和王桂花挤在一起，束手等待着我们未知的命运。

男人在我们面前站住，有种居高临下的威慑感。他很强壮，身形矫健彪悍，像一只伺机发动攻击的豹子。

我迅速分析了双方实力，自知不是他的对手。

他也根本没把我放在眼里，径直对王桂花命令道："坐下。"

王桂花本能地向后躲去，她来不及逃跑，已被男人一把锁住肩头。她发出一声尖叫，冲破瀑布的喧嚣钻进我的耳朵。

我本能地跳起来，转身就跑，脑子里一片空白。

我跑向那堆木柴，抓一根木棒握在手里，冲向正施暴的男人。

王桂花已经瘫坐在地，毫无还击之力。

我举起木棒向男人的脑袋劈下去，木棒炸开，断成两截，男人缓缓转过脸瞪着我，他脑门上有一条血流蜿蜒而下，如游动的红蛇。

我目瞪口呆地站着，看那条红蛇迅速爬过男人的脸。

男人没有管他的脸，冲过来抬脚一踹，我就飞出去了。

我倒下时，碰翻了那个锅灶，灶上的铁锅翻下来，里面的东西泼在我脸上，是一锅面条，散发着某师傅的可疑味道。更要命的是，有一根木棍戳中了我的不可描述之处，天杀的，它夺去了我的贞操。

王桂花发出了尖锐的号叫，我忍着剧痛看过去，她坐在地上，正奋力挣扎，那男人抓住了她的一只脚踝。

"冲我来！冲我来！"我呐喊着。心想，爆一次，是爆。爆两次，也是爆。来吧，狗日的。

那狗日的，根本不理我。他抓住猎物不放。

关于王桂花的、惨绝人寰的那一幕，就要发生了。而我，除了死死地闭上眼睛，什么忙都帮不上。

我躺在地上，拨拉着脸上的面条和油汤，我五味杂陈、我百感交集，我好像哭了，但我不确定。

过了一会儿，我试探着睁开眼睛，看见了奇异的一幕。王桂花安静地坐在地上，她微微仰着脸，眼睛半睁半合，竟然是一副陶醉的表情。

我大惊！

再看那络腮胡男人，他单膝蹲在王桂花面前，一手拿着一只小瓶子，另一只手在王桂花脚踝处轻轻涂抹着。

这……演的是哪一出呀？也没人跟我商量，他俩就擅自把戏改了。

我气急败坏地拖着残躯凑过去，那男人把手里的小瓶子往我手里一塞，我终于看清了，是一瓶红花油，专治跌打损伤的。

"该死！好好一锅面，被你毁了。"络腮胡男人大声咒骂着。

我边打量山洞，边展开深刻的思索。按照我的经验分析，这络腮胡男人非奸即盗，正常人怎么可能躲在山洞里，这家伙十有八九是网上通缉的重犯、要犯。可是，既然如此，那么今天早上，他为什么又会出现在酒店大厅呢？就不怕暴露身份吗……

"走。"络腮胡男人低喝一声。他起身兀自向前走去。

我扶着桂花，乖乖跟在他的身后。虽然不知道何去何从，可是除了听他命令，我们还能干什么呢。

男人径直向奔腾的大瀑布走去，越走越近，飞溅的水珠打在脸上，生疼。

我瞪着他的背影，难道他是孙悟空，能一个筋斗云飞出去不成。正想着，那男人突然一闪，不见了。

王桂花惊诧地看着我，我和她一样意外，正在这时，从一块岩石后面探出男人的半边身子，向我们招手。

我俩小心翼翼地挪过去，发现在瀑布和山洞之间，有一条狭窄的缝隙。

男人的身子正紧贴在岩体上，他一手攀着岩缝，一手随意地向我俩挥动着喊道："从这出去。"

我探头一看，那男人的脚下，竟然是万丈悬崖啊！

我头皮发麻，不敢动弹。王桂花碰了我一下，我立刻向后退了两步，我宁可在山洞里饿死、冻死、吓死，也不愿意掉下悬崖摔死。

不料，王桂花竟然越过我，默默地跟了上去。

她顺着那道缝隙向着男人的方向移动。这简直是要了我的老命了，不怕神一样的对手，就怕猪一样的队友。她为什么就不能陪我留在山洞里呢。

我只能听天由命了，脚踩着湿滑的岩壁，手攀着浅硬的岩缝，一点点向前挪动，稍一疏忽，随时都会摔得粉身碎骨。

这个过程，无比漫长而惊惧，用毛骨悚然、魂飞魄散等等都不足以形容。此处就省略一万字吧。

终于，我们三人从岩缝里钻了出来，我的脚刚踩上一片滩涂，就双腿一软，跌坐在地上，瘫软成一堆烂泥。

王桂花和我一样，瘫坐地上，她闭着眼睛，大口大口地呼吸着，像一条因为缺水而窒息的鱼。

唯有那个男人，他站在三四米开外的地方，背对着我们，看着远处，也不知道他在想什么。

我心有余悸地看向那条瀑布，隔着远远的距离，仍然被它镇住了，套用李白的话说，"挂流三百丈，喷壑数十里。欻如飞电来，隐若白虹起。初惊河汉落，半洒云天里"。我一时不敢相信，我竟然能活着从这条飞龙的身后逃出来。

我后怕地闭上眼睛。

那个男人，他一定是魔鬼。除了魔鬼，谁能发现这样的捷径。除了魔鬼，谁能在峭壁上来去自如，洒脱如风。

山风吹过来，夹杂着野花的芳香。

暖暖的太阳照在身上，舒适、安逸，蝉声嘶鸣，野鸟啼唱。

这里，一定是天堂。我，一定是天堂的宠儿。

"刘方正。刘方正。"我恍惚听到有人喊我的名字，是……米娜？我笑了，我一定是在天堂，才能听到米娜的声音。

可是，米娜为什么在天堂？难道我和米娜……都死了？

我不敢睁开眼睛，我怕我不能应付接下来的情形。

然而，我的身体被人推搡起来，我听见一个熟悉的声音骂道："妈蛋，你敢不理我。"我猛地睁开眼睛，竟然真的看见了米娜。

米娜欢蹦乱跳地出现在我的面前，好像她从天而降。

我惊诧地看着米娜，旁边的络腮胡男人惊诧地看着我俩。

不！他看的主要是我。

虽然荒草般的胡须遮挡了他的表情，我还是能感觉到他的震惊，他甚至显露出罕见的迷乱。他看着我，眼神像躲避阳光一样，不敢直视，又不能逃避。

为什么？这个络腮胡男人突然用这样的眼神看我？

我不明白这是怎么回事，这或许是个梦。这个梦的线索太乱了，可能是个梦中梦吧。

好在米娜并没有让我疑惑太久，她讲述了事情的经过：原来，米娜在客栈跟我闹翻后，就一个人跑进了山林。她在深山里游荡，不知不觉间迷路了，再也找不到返回的路。

正当米娜在林中乱窜时，突然，她感觉到有两只手搭在了肩膀上，她惊讶地回头，就看到一只狼的面孔。那狼张着血盆大口向她的脖子咬去，她尖叫着撒腿就跑，却被灌木绊倒在地。

那狼瞬间蹿上来，就在她以为要被狼吃掉时，那个络腮胡男人出现了，他打了一声呼哨，那狼就乖乖地走到他身边，蹲在他的脚下。

米娜的这个故事,太离谱。鉴于她一贯擅长捏造事实的做派,我姑妄听之吧。

怎么可能!她无非想渲染她的遭遇,激发我的负罪感罢了。

米娜推推我,手指笔直地指向前方。我顺势一看,立刻倒吸一口冷气:妈呀,狼……真的来了!

有一只狼,站在络腮胡男人的身边。它身形剽悍强壮,锐头尖脸,两耳高耸,正用一双绿幽幽的眼睛盯着我。

的确是一只狼,不是狗。

王桂花显然也发现了那只狼,她用双手抱住头,似乎想变成一只鸵鸟,将脑袋扎进沙子里。

同王桂花相比,米娜则从容得多,她指着络腮胡男人,对我说:"是他救了我。"

我一时无语,米娜和狼,都出现得太突兀。我不知道该如何面对。

"嘿,胡子哥哥,这是我男朋友。哦,前男友。他叫刘方正,你呢?"

我靠,还胡子哥哥,这嘴巴就跟抹了蜜一样,简直羞煞我这前男友。

那络腮胡子男人好像哑巴了,一言不发。

"胡子哥哥,你到底叫什么名字吗?就告诉人家嘛。"米娜摇晃着身子,嗲声嗲气地向那男人撒娇。

那男人看都不看米娜,他狠狠剜了我一眼,眼神似刀子般锐利,似乎是嫌我对女人管教无方。虽说是冰冷的目光,倒也令我挺愉快。对,我就是欣赏这样的汉子,轻易不会被个娘儿们弄得神魂颠倒。

"走!"络腮胡男人再次向我们发号施令，并不解释要去哪里。

男人率先动身，狼紧紧跟随，他们之间保持着某种奇怪的默契和信任。

很快进入一片灌木林，男人拔下腰里的砍刀，边走边砍掉横亘的藤蔓，清出一条路来。

我们三人沉默地跟在后面，与男人和狼保持着适当的距离。

我盯着狼的背影，它低垂的长尾巴毛蓬蓬的，不时扫过草棵子，我很担心它突然转身扑过来。

行走的过程中，王桂花的手里多了一根木棍，我的手里多了一块石头。我们不动声色地对着眼神，在心里达成默契：必要时，拼死一搏。

唯有米娜神情轻松，不时揪一颗野果塞进嘴里，或者摘一朵野花插在鬓角，好像她是个来游山玩水的驴友。

跨过一道沟壑，翻过一个山坡，终于来到一片开阔地，满目都是苍翠的山林。

那男人站住了，他猛地回头盯着我。我也盯着他，我别在身后的手，不自觉地握紧了那块石头。

男人没有说话，他抬起手指了指山下。

在不远处的山坳里，出现了几个人，他们身上红色的户外装，格外醒目。

"是我们的人，是救援的人。"王桂花也看见了，激动地低语。

我如释重负地呼出一口气，扔下了手里的石头。

"哎，老刘，我是桂花。"王桂花兴奋地冲山下挥手大喊。

"桂花，王桂花。"一个男人浑厚的嗓门回应着，山下的那群人欢呼雀跃起来。

"呜嗷——"突然，一声低沉的嚎叫响起，是那只狼。它的叫声凄厉、悲怆、悠长。

我下意识地转过头，那男人却已经不见了。那只狼，也不见了。

我焦急地四处寻找，在一丛灌木旁，捕捉到一个背影，瘦高、纤长，有一丝熟悉，也有一丝陌生，天哪！竟然是……那个男人啊！

没错！是他！

不久前，在"黑猪"发给我的视频中，我曾经两次见过这个诡秘的背影。

这背影一闪，倏忽不见了。

我盯着他消失的地方，喉咙被突如其来的恐惧扼紧。

伤心乳头综合征

救援队与我们会合，我和米娜、王桂花一起下山。

劫后余生的米娜十分兴奋，她一路欢呼雀跃，嬉笑打闹，迅速与救援队的人打成一片。

米娜缠着队长老王让他唱山歌，老王有些难为情，她又是嘟嘴卖萌，又是摇着人家的胳膊撒娇发嗲。

老王是个壮硕的黑脸大汉，哪见过这种阵势。他内心轰鸣，却唱出情意绵绵的山歌《十爱姐》：

一爱姐儿好人才，十人见了十人爱，好像仙女下凡来。
二爱姐儿好头发，梳子梳来篦子刮，梳个盘龙插金花。
三爱姐儿好眉毛，眉毛弯弯一脸笑，说起话来鹦鹉叫。
……

米娜聪慧，她很快就学会了，跟黑脸老王男女对唱起来：

（女）七爱姐儿好白脸，胭脂擦了水粉点，八宝耳环坠两边。

（男）八爱姐儿好衣裳，衣裳四角包麝香，牵坏多少少年郎。

（女）九爱姐儿好小脚，红绸袜子白裹脚，走起路来软软索。

（男）十爱姐儿多贤惠，十人就有九人追，幸福生活蜜蜜甜。

男声粗犷豪放，女声委婉清亮，唱到动情处，两人含情脉脉地四目凝望，火星四溅。

我没有心思管这两个鸟人，暗自在心里思索着：那个络腮胡男人，难道就是"黑猪"？如果他是"黑猪"，那么拍视频的人又是谁呢？他们到底是什么人？究竟想干什么……

众人一阵掌声打断我的沉思。

就见米娜拉住老王的胳膊，哈哈大笑："哈哈，老王，你的眼神，电到我了。"

老王一脸羞涩，他结结巴巴地："哎呀，这……这……"

"我都看到你牙上的韭菜叶了。"米娜笑得身子一抖一抖的。

老王难为情地摸了摸后脑勺，傻笑，他的脸一定红了，就算脸再黑，都盖不住他的脸红。

米娜是真正的实力派演员，可随时入戏，又随时出戏，戏里戏外，自由穿梭。

一群人继续前行。

"呀，野百合。"走在队伍后面的王桂花突然惊喜地叫出声来。

循着她手指的方向，我果然看见一株百合花。它长在悬崖边上，半人高，挺拔、碧绿的叶片对生，袅袅婷婷开着几朵白花，如遗世独立的美人。

"这么大的百合，至少也活了十多来年。"王桂花站在百合花前感叹。

大家围上去观看，纷纷赞叹。

米娜兴奋地跑上去，她站在悬崖边上，围着那株野百合摆出各种造型，用手机开始自拍。

王桂花见势大惊，嚷着："别拍了，危险！"

米娜不以为然，继续各种抓拍。

王桂花急了，冲上前去，拉米娜，嘴里嘟囔着："你掉下去怎么办啊？真的很危险。"

米娜不悦地甩开王桂花。为了证明自己的不屑，她故意站在悬崖边上，伸开双臂做出飞翔的姿势。她的脚下是万丈沟壑，山风袭来，她衣袂飘飘，似要乘风而去。

我突然想起高中时学校组织出去旅游，一群人登高望远。语文老师带着刚结婚的新娘子，两人站在悬崖边上拍照。

为了找到最完美的角度，语文老师眯眼盯着取景框，指挥新娘：退一步！再退一步！

他娇羞的新娘很听话，一退再退，然后新娘突然从取景框里消失了。

语文老师从取景框边挪开眼睛，疑惑地寻找他的新娘，此时，从悬崖下传来一声凄厉的惨叫。正是他摔下悬崖的新娘发出的。

我心有余悸地上前拉过米娜，不许她再拍了。

"你个妖精十八怪，真是倒了我的胃口。你娃对那村姑，乖得很嘛！"米娜抢白我，毫不掩饰对王桂花的轻蔑。

"拿命玩自拍，你有多愚蠢。"我训斥道。

"你俩啥子关系？"她瞥王桂花一眼，大声嚷嚷道。

……我一时语塞，因为米娜的蛮不讲理，我抱歉地看向王桂花。

王桂花是厚道，可她并不傻。她气得满脸通红，气鼓鼓地转身就走。因为扭伤了脚，她走得有些艰难。

米娜翻了个白眼，甩开我，一昂头也走了。

接下来，两个女人彼此表现出明显的敌意。一路上，她们谁也不搭理谁。

傍晚时分，我们安然走出十二背后的深山老林，回到了双河客栈。

大家坐在大堂休息，我去了医务室，买了一瓶云南白药喷剂，送给王桂花。此时米娜坐在一边冷眼旁观，当我感谢王桂花冒险带我上山时，米娜站起来，冷冷地哼了一声，径自扬长而去。

对于米娜的无礼，我感觉尴尬，不免说了几句废话，希望能替她挽回一点颜面。

王桂花快快不快地撇撇嘴，把云南白药塞我怀里，转身走了。

我追上去，嘱咐道："你每天抹三次，注意尽量少活动。"

"你没必要花这冤枉钱，我没事。"

"别嘴硬了，我看你还一瘸一拐的。"我直接把药塞进她手里，转身跑去追米娜。

"哎，你这人，多少钱呀？我给你。"身后传来王桂花局促不安的声音。这样好心眼的女孩，现在真的不多了。

米娜已走到客栈门前，我快步追上她。

"那村姑长得托尔叽咕，跟你龟儿，绝配！"不知道为什么，米娜对王桂花一百个看不上。

"咱俩才配。天生一对，地造一双。"我打趣道。

"你个神戳戳的龟儿，不配和高智商的我站到一起。"

"米娜，咱俩谈谈吧，我们好了这么多年，我不能没有你。"我压住火气，态度诚恳。

"你莫要缠着我，小心老子把你娃吊起打，你还夸我好潇洒。我把你娃从古代打到现代，你娃非说这是穿越时空的恋爱！你就那么贱嘛，看老子甩你两耳屎，铲得你二搓搓的，分不清东南西北。"米娜火冒三丈，也不知她气从何来。

"你个死娘儿们，说两句人话能死啊！"我也生气了，这臭婆娘是越惯越上脸了。

"那好，老子跟你说人话。刘方正。那村姑，死心眼，吊上一棵歪脖树，就是奔着吊死去的。你信我的，她最适合给你这种人当老婆。"

"我哪种人啊？我哪种人啊？"

"你哪种人，自己没点数吗，一个动不动就抽风的屌丝男。心比天高，命比纸薄。"

我……在她眼里就这样？我一时无语。

"你龟儿找老婆，首先要关注的是稳定系数。像颜值、内涵、品位这些奢侈品，不要列入你的考虑范畴。"

我手心痒痒的，真想赏她一耳光，让她闭嘴。

我俩刚经过生死之变，我冒着生命危险去十二背后救她，她竟然这样对我。

"就那村姑，你想骂就骂，想打就打，她生气超不过两天，你随便丢个仨瓜俩枣，就哄得二麻二麻的。当然，你懒得哄，也没得关系。她自己就调整过来了。更重要的是，她腚大奶高，是个能生养的主儿。"

呵呵，米娜对我，那是真的好。关于我的终身大事，她掰开了，揉碎了，耐心地跟我一一道来。几乎为我操碎了她那颗玲珑心。

"你真这么想的？"

"对头，毕竟在一起快十年了，我得为你龟儿负责。"

我俩站在客栈门口，端详着对方。

我感觉米娜的脸已无比陌生，好像我从未了解这个女人。或者，我们站在不同的时空，从未触摸过对方。

一时间，我陷入巨大的迷茫……

嘀嘀一声，我的手机提示音响起。

不知何时，我的手机竟然好了，我打开一看，是"黑猪"的短信，一连三条。他说：你想好了？你干不干？你不要贪婪！

"黑猪"一定是等急了。我在山上时没信号，此时，这三条信息一股脑地奔过来。

我立刻被"黑猪"的微信拉回现实。

米娜说的没错，我就是个缺乏大局观念的人，我应该每时每刻都在想那200万的事，而不是探讨未来的老婆人选。如果说金钱是皮，那么女人就是皮上的毛，皮之不存，毛将焉附！

反之，亦然。皮都有了，还愁没有毛。

我不再啰唆，拉起米娜，把她拽回客栈房间。

我想知道关于那个络腮胡男人的一切。不，是关于"黑猪"的一切。

我暗自扼腕叹息。曾经，我与"黑猪"如此切近，我与十二背后的秘密如此切近，因为我的迟钝，眼睁睁看着他从我面前消失，像一滴水，融入大海。

等等，我突然想起一个问题，山上明明没有信号，"黑猪"是怎么给我发微信的呢？难道……他偷偷跟着我下山了？我的心倏忽一沉。

"真的是黑……不，络腮胡男人救了你？"我问米娜，差点说漏嘴。

米娜白了我一眼，眼神中满是鄙视。

"那络腮胡男人都跟你说什么了？"

"什么也没说，他不爱说话。"

"他为什么救你？"

"他也救了你和村姑。"

"她叫王桂花。"

"胡子哥哥救人，纯属人好。"

"你怎么知道他人好？"

"直觉，女人的直觉。你那村姑，就不像好人。你俩，真的绝配。"米娜哼地冷笑一声。

我沉默下来，她的胡搅蛮缠，再次引起了我的警惕。

大敌当前，还是对女人禁言为妙。她们不可靠。

"你怀疑我被强暴了？"米娜突然问道，一脸挑衅。

啊？我一愣，这个问题，小肚鸡肠如我，竟然没有考虑过。

"我倒是希望发生点故事。在我和胡子哥哥之间。"她若有所思的样子。

"你难道不怕那只狼？"

"当然不怕，胡子哥哥下山求救时，我和狼在一起。"

"他就不怕恶狼把你吃了？"我大惊。

"他给我画了个圈，让狼在圈外保护我。"

看我一脸问号的表情，米娜拍了一下我的脑袋，说："妈蛋！笨死了！《西游记》你娃总看过吧？悟空出去化缘时，怕老唐被妖精抓走，就给他画了个圈儿，让他待在里边，莫动！莫扰！我就像老唐那样。你自行脑补一下画面。"

她这一解释，画面感果然很强烈：山林中，圈内，一鲜美可口的猎物，悠哉美哉。圈外，一饥肠辘辘的饿狼，善哉慈哉。

"你胡子哥哥那个圈儿，在哪儿画的呀？不是南海边吧？"我突然想起一首歌，说的是，有个老人在南海边画了一个圈儿。那是春天的故事，哦，万紫千红的春天的故事。

"你娃脑壳被门挤了嘛，那圈圈儿是给我画的，在山上。"米娜嚷道。

"这样哦，你那圈儿是用金箍棒画的吧？"我正色道。

"胡子哥哥用树枝画的嘛。"

"厉害！你的胡子哥哥果然比二货青年悟空牛！随便画个圈都能放金光，但凡那恶狼靠近，一道金光，就把它震飞了。"

米娜终于听出了我的嘲讽，她淡然一笑，款款走到酒柜前，她的红酥手越过啤酒，越过红酒，拿过一瓶闷倒驴白酒，拧开了。

她给自己倒了半杯闷倒驴，用的是高脚杯。

米娜端着这杯 67 度的闷倒驴，优雅地靠在酒柜边上。她跷起兰花指，看着我，喝一口。看着我，再喝一口。妖媚斜睨的神情，像欧洲电影里某位欧洲贵妇。

然后，她终于开口了，说："老刘，咱俩在一起，快十年了。我眼看着你娃从一股清流，变成一股泥石流。我内心，想法挺多的。"

我默默地听着。

"你看，咱俩能结合的部分，都结合了。可我就是感觉不到你，真的，很隔膜！很空虚！很……孤独！对，孤独！没错了，你让老子感觉很孤独。你靠得越近，老子越孤独。这种感觉，你娃肯定是不理解的，以你的智商，我也不指望了……"

米娜的手机突然在这时响了，是微信提示音。她一手端着酒杯，另一手打开了手机。她看着，莞尔，哦吟道："陌上人如玉，公子世无双。"

她仰头喝一口酒，再看手机，又吟一句："不能同世生，但求同归土。"

我心一沉，正要夺过她的手机看个究竟，她却主动靠过来，把手机递到我面前。我定睛一看，差点气个半死：妈了个蛋！是冒充富二代那个快递男啊！

那塞炮眼的龟儿，竟然给米娜发来了一张玉照。

他站在大学门口，蓝天、白云，他穿着白 T 恤、蓝色牛仔裤，面如冠玉、目若朗星，唇如涂脂，真像一位世无双的贵公子呢。

"他想干啥？他想干啥？"我气急败坏地问。

米娜不急，淡定地让我看他俩的对话。那厮深情地说："姐姐，我回学校了，你要好好的哦。"

妈哟！明明是一桩绑架案，活活被这俩鸟人弄成一场小清新的爱恋。

老天爷！我真是活得太短，知道的太多。我生无可恋，我只想死。

"真好看！你怎么那么好看！"米娜自语，她与画中贵公子四目相对。

我真后悔，当初为何不毁掉那货的盛世美颜。

米娜按下转发，把快递男的照片发给我，大度地说："赠你了，做微信头像吧。你娃长不成这样，看看别人，也是好的呀。"

我冷笑一声，嘲讽道："奸妇，你送我的帽子，很漂亮。但我不喜欢它的颜色。"

"绿色代表希望。你这个人吧，就是太偏激。"

"我讨厌绿色。草绿、翠绿、豆绿、葱绿、墨绿、王八绿，统统都滚蛋。"

"长的不好看，心眼还那么小，你龟儿可怎么活哟。"米娜撇嘴。

我很悲伤，按着胸口陷入沉思。是时候想想三观不合的问题了。

"真的，老刘，你这人吧，素质就是低。缺什么想什么，你娃左右逃不过一个情与色。形而上一点，行吗？跟姐我学学，我的老公就经常换嘛，胡歌、王思聪、彭于晏，最近是那个李……不，是肖战，那又怎样？发于颜值，止于颜值。姐我仍然是一朵纯洁的白莲花。"

我果断地站起来，抱住这朵沾满淤泥的白莲花，说："别比比了，我还是喜欢形而下。"

我开始不辞辛劳地为米娜宽衣解带，试图做些我们都熟悉的事情，以唤起某些我熟悉的感觉。

"不！睡素的。"

"先荤后素。"

"老娘忌口啦！"

"哥我荤素不忌。"

"你个烂贼，砍脑壳的，你龟儿再抽风，信不信老子铲你一脑壳包包！勾子给你狗日的打肿，不把你娃打得惊叫唤，你龟儿不晓得锅儿是铁打的……"

她破口大骂,激起我的欲火呼呼燃烧。

我撕下她的睡衣,果断擒获她的乳头。

她哇哇大叫,当即,瘫软如泥。我蛇随棍上,一举占有了她。

她溃不成军。

我势如破竹。

看,哥就是这么威武!我从不吻她脖颈,更不对着她的耳朵喷热气,没用,那都是雕虫小技。我专掐她乳头,哪怕前一秒她还是头母老虎,只要掐乳头,她必定嘤嘤泣泣,变成任我宰割的小白兔。

许久后……各位,请注意我的用词,是"许久"后。

她抬起迷乱的脸,泪光盈盈地看着我。

"我飞了。你呢?"我问。

"我死了。"她答。

很显然,把男女双方的感受归纳起来就一个词儿:欲死欲仙!

嗯,对于这样的结果,我本人很满意。

米娜爬起来,踉跄着晃到酒柜前,这次她没有端高脚杯,而是直接抓起那瓶闷倒驴,仰头喝着,咕咚,咕咚,一会儿喝下大半瓶。

不久,她的身子顺着酒柜滑下去,躺倒在地毯上。

在闭上眼睛之前,这头醉驴用最后的清醒说了一句话:"我不怕孤独终老,我怕和让我感到孤独的人,终老。"

米娜的这句话刺激了我,令我滋生出一股羞辱。我躺在床上,看着瘫在地毯上呼呼大睡的米娜,一股强烈的欲望涌上心头,无法遏止。

我跳下床，向她靠近，我越过她香艳的身体，从桌上抓过了她的手机。

有生以来，第一次，我无比强烈地想查看她的手机。

我使用米娜的食指指纹，顺利解锁了她的手机，进入她的隐秘空间，犹入无人之境。

米娜手机上有个百度贴吧 APP，当我进入后，发现米娜以大丽花的匿名发起了一个帖子，题目叫：有人知道"伤心乳头综合征"吗？快来。

伤心？乳头？综合征？如此诡异的字眼，直击我的内心。如此妙曼的风格，非常符合我的恶趣味，我迫不及待地看下去。

以下是百度贴吧网友的对话内容：

大丽花说：两年前，我看了一个综艺节目，有女艺人说她得了伤心乳头综合征，目前全世界都没有治疗办法。简单说，就是不能碰咪咪，一碰就难过、伤心得想死。我终于知道了，原来我多年的怪感是一种病，从八九岁就有了，我一直以为自己是变态狂魔，从不敢告诉任何人，原来我得了绝症。我很痛苦，我现在该怎么办？

樱桃小丸子（哭脸）：完了，我也得了这种病。有时候洗澡、穿衣服，或者不小心被自己碰到，都伤心得难以自拔，前一秒还很开心，下一秒就像抑郁症突然爆发。

佩琪宝贝（大哭脸）：我跟你们一模一样，求抱抱。

清秀（号啕大哭）：我也是。

三只耳：弱弱地说一声，还有我，可……我是男的。

大丽花：亲，乳头有大小，此病无性别。

特纯的小李子：等会儿，我先摸摸自己。

大丽花：我觉得特对不住我未来的孩子，我不能母乳喂养，我娃会跟我隔膜，带着原生家庭的阴影，最后成为反人类。

三只耳：稍感欣慰，我不用哺乳。

佩琪宝贝：我们真的没救了吗？

樱桃小丸子：能想的办法，我都试过了。

大丽花：我准备丰胸，或许是最后的希望。亲们，快想想，在咪咪里垫上一团硅胶，神经会不会变得迟钝呢？就像你去端一锅热汤，肯定会烫手，戴上手套就不会了呀。

佩琪宝贝：真的耶，貌似很有道理。

大丽花：是真理！上帝说要有光，于是有了光。上帝说要得救，于是我们可以去丰胸。

佩琪宝贝：亲亲，我们组团吧，至少可以打八折。

大丽花：好呀，好呀，抱抱，吾爱。

……（此处省略三百字，一片欢呼雀跃，众伤心乳头病友组团丰胸踊跃报名中）

三只耳：我呢？我呢？我是男的呀，还有络腮胡子。我也要丰胸吗？

大丽花：亲，做大做强，是你唯一生路。

佩琪宝贝：耳朵兄，张飞的脸，波霸的身，你厉害了。

……（一片蛙鸣呱噪，众乳头伤心病友纷纷劝服三只耳丰胸。此处省略一千字）

清秀：忍了很久，亲爱的们，听我说一句。

大丽花：秀儿，你快快来报名。

清秀：醒醒，各位亲，我做了韩式半永久。莫有用。

佩琪宝贝：泥马，信不信，我打死你。

清秀：你打死我全家都莫用，我用分期贷做的，仍然一碰就伤心得想死。

大丽花：真的吗？真的吗？

清秀：真的！！！因为奶大了，被碰的概率更高了（包括本人、他人），我每天都在死与不死之间徘徊。

大丽花：完了！人生的大喜大悲，来得太快了。

……（众病友一片唏嘘，哀鸿遍野中……）

闲得蛋疼：建议让男朋友多摸摸。

大丽花：每次男友碰的时候，我都很空虚，很想家，很想我妈妈，一想到她含辛茹苦，我却背着她做这样的事，真是愧对她的养育之恩，我就伤心得想死。

闲得蛋疼：建议去看心理医生，或者直接挂精神科。

大丽花：你想死吗？

闲得蛋疼：并不。

大丽花：都说了排除抑郁症和精神病。

闲得蛋疼：换个男人试试。

大丽花：试过，没用。

闲得蛋疼：小婊砸，你真把男友绿了？

大丽花：你的棺材想要滑盖的还是翻盖的？

闲得蛋疼：那么，母上大人呢？

大丽花：龟儿，你妈没事摸你乳头？

闲得蛋疼：嘘，告诉你们一个秘密，我也得了一种病，叫：开心龟头综合征。跟你们的症状完全相反。自摸，他摸，我都很开心，开心得想死。我该怎么办？在线等，挺急的。(各种怪脸、笑脸、喜极而泣脸、皮笑肉不笑脸)

闲得蛋疼终于嘚瑟到头了，被吧主大丽花踢了出去，消失在茫茫宇宙。

大丽花：还有谁是？快来报到。

北京用户123：……我。

上海用户123：还有我。

南京用户123：刚自行确诊。

深圳用户123：好吧，我承认了。

香港用户123：含泪归队。

澳门用户123：找到组织。

……

大丽花：老实坦白，你们刚才是不是都摸过自己？

大丽花：我就知道，你们肯定都摸了。

……

我吓得一哆嗦，赶紧把手从我的乳头拿开了。她开了天眼吗？竟然知道大家都下意识地进行了自测。

我的确是自测了一番，并没有那种伤心的、崩溃的感觉，反倒……有些愉悦。

是的，很抱歉，些微的、愉悦的快感。

这很不好！很不厚道！

我歉疚地看了看大丽花，她喷着酒气呼呼酣睡，毫无美感，像一头被绝望打翻在地的母驴。

嗯，对了，大丽花就是米娜，米娜就是大丽花。

这个网名，她用了很多年了，我一直都知道。问题是，我不知道我的大丽花得了伤心乳头综合征。

怎么会呢？她不是很快乐吗？我以为她很快乐，所以我总是煞费苦心地掐她的乳头，以取悦她。

没错，煞费苦心！

我没撒谎，其实，你想象一下就能明白，"上下监管""左右其手"，所要求的技术含量是非常高的。

有什么办法，谁让我爱米娜呢。如果非要用"宁可……也要"来造句，是这样说的：刘方正宁可牺牲自己，也要取悦大丽花。

甚至每次亲热时，大丽花用创可贴把她的两个乳头贴住，刘方正仍然克服重重困难，力求挠到她的伤心处。

想到此，我惊出一身冷汗。

那天晚上，我彻夜未眠，始终在思考这件事情。

我不确定她是左边乳头伤心，还是右边乳头伤心，或者，是左右两边都伤心。我和我的大丽花在一起快十年了，她总是没心没肺，狗肚子里藏不住二两油，说话从不经过大脑，想啥就说啥。

万万没想到，她竟然还有秘密，一个藏了很多年的秘密。

我以为我了解她的一切，可是我竟然不知道她这个秘密，一个让她悲伤得想死的秘密。

我瞅着酣睡中的大丽花，像瞅着一只刚从蛋壳里孵出的小恐龙，无比陌生，有一种莫名的忧伤弥漫起来，将我笼罩了。

那天晚上，后来的情形是这样的：我躺在床上，大丽花躺在床下，我居高临下地瞅着大丽花。我就像个感性的小宝宝一样，睡一会儿，看她一会儿，哭一会儿，再睡一会儿，再看她一会儿，再哭一会儿。

第二天早上，我决定跟米娜开诚布公地谈谈。

我说："昨晚，我犯了一个错误。"

米娜一动不动地靠在墙边，目光呆滞，一言不发，像打了封印的魔兽。

"我偷看了你的手机。所以，我知道了，多年来，我一直在犯错误。"

她缓缓抬头看着我。

"我知道了你的……那个秘密，伤心乳头综合征。"

这句话触动了隐秘的机关，封印被揭开，泛起层层波澜。她盯着我，眼神射出道道寒光。如果眼神能杀人，我可能早已碎尸万段。

"我们都是有秘密的人，我们彼此坦白吧……"我话未说完，她突然跳起来，用枕头死死地压住我的嘴。

我挣扎着，我想告诉她所有的秘密。

她不给我这样的机会，经过一夜醉睡，醉驴变成发怒的母狮。她与我搏斗、撕扯，我们从床上滚到了地上。她使出百般武艺，牙咬、手撕、脚踢，招招用尽。

我边与她搏斗，边说："说吧，说出你的秘密，也许就……不孤独了。"

她突然崩溃，哇的一声号啕大哭，她跳起来，跑到窗边，一把拉开窗户，声嘶力竭地叫嚷着："别说了，求求你，别说了。"

我从未见过她如此崩溃，如此羞辱，就算她和快递男被我捉奸在床时，都没有。

我乖乖地举起双手，闭上嘴，我知道，如果我一意孤行，她真的会从窗口跳下去。

在我妥协的那一刻，我清醒地意识到：再一次，我们失去了彼此坦诚的机会。

那天，米娜收拾了行李，回重庆了。直到临别，她都没有说话，整个人恹恹的，像一只虚脱的蝴蝶，气若游丝。

汽车远去，我的大丽花走了。

我的目光仍在追逐，如痴情的山风纠缠一朵山花。这曾经妖魅的花呀，终被多情的山风吹皱。

我给米娜发了一条微信：回家吧，宝贝，去找你妈妈。

她没有理我，系统比她有人情味。它是这样安慰我的：大丽花已开启好友验证，你还不是他（她）的好友。

她把我拉黑了。

现在，我们连驴友也算不上了。

桂花、篝火舞与蜈蚣

我给"黑猪"发了一条短信，告诉他：动手吧。

然而"黑猪"毫无反应，我在客栈等了一天，他都没有回复我。我给他发信息，他不回，给他打语音电话，始终处于关闭状态。

这是此生最漫长的一天，我如同被钢钎插着的活鱼，置于烈焰上炙烤，生不如死，却又逃脱无术。

傍晚时分，客栈大厅空荡荡的，我龟缩在角落的沙发里，监视着整个大厅。

大门和安全通道，都在我的视线范围之内，只要有人出现，我第一时间就能捕捉。我想象着"黑猪"再次出现在大厅，我们将开始密谋。或者，他不会贸然现身，就算面谈，他也会约在另外的地方吧。

这个狡猾的家伙，他为什么始终没有消息呢？

时间一分一秒地流过，流入巨大的虚无。一只苍蝇绕着我一圈又一圈地窥探，嗡嗡地向外界发出密报。这引起我的警惕，怀疑它是"黑猪"派来的密探。

我与苍蝇互相试探，对峙，直到我一巴掌扇晕它。它落在我脚边的地板上，苟延残喘，嘤嘤呜咽，表达着对这世界的强烈不满。

我抬起脚，在踩向苍蝇的瞬间，我突然发现那只苍蝇长得很像我。我们有一样的嘴脸，一样的眉眼，一样的过去，以及，一样的未来。

脚掌落下，巨大的飞来横祸，碾轧过卑微的生灵，瞬间肉身碎尸万段。

从杀死一只苍蝇开始，我勇气倍增。没有什么可以阻挡，我奔向莫测的未来。

我果断起身，去找王桂花。

此刻她在前台值班。我一直走到柜台前，她都没有发现，原来她正在看手机视频，虽然音量开得很小，我还是听出来了，是公众号"触摸重庆"的视频，触摸哥和触摸妹在斗嘴耍贫，手撕对方。

王桂花低头看得忘乎所以，忍俊不禁时，她拿手堵住嘴巴，笑得花枝乱颤。

我伸手拍拍柜台，她吓得一激灵，猛地抬起头，顺势站了起来，脸孔瞬间涨得通红，连耳朵也红了。待看清是我，她下意识地拍拍胸口，嗔怪道："吓死我了，还以为是我们经理呢。"

"我要向你们经理举报，你上班时间不务正业。"我板着面孔。

她微微一怔："你没那么坏吧。"

"这是原则。你代表客栈形象。就你这形象，你们客栈还怎么开下去？你的服务意识呢？你的职业道德呢？"我一本正经地教训她。

她眨巴着眼睛，一脸无辜地看着我，嘴巴张了又张，终于小声说道："你别生气了，我看见你女朋友走了。"

"这跟我女朋友没关系，现在说你的问题。"这村姑果然很蠢，这让我很生气。"我必须举报你。"

她慌忙摇头，连连摆着双手，央求道："别呀，你千万别。会扣我工资的。"

"除非你答应我一件事。"

她犹豫着，有些不悦，又有些无奈地看着我，点点头，额前的齐刘海儿也跟着一起微微颤动。这发型真丑，她为什么就不能换个发型呢？

"帮我查一个人。"

"……谁？"

"络腮胡子。我们在山上遇到的那个人。"

王桂花立刻张大嘴，茫然地瞪着我，像只笨鹅，一脸呆萌。她连连摇头，慌乱地："不行，肯定不行，客户信息要保密。"

"马上查，我要知道他的信息。"我命令道。

"真的不行。"王桂花哭丧着脸。

"你确定不行？"

"确定，不行。"

"我怀疑那络腮胡子是网上一杀人通缉犯，难道你想包庇他？"

王桂花下意识地后退一步，直愣愣地看着我，嗫嚅地："……不……不会吧？"还不待我说话，她突然扑到电脑前，噼里啪啦地敲击起键盘。

"如果确认是他，我就报案。"我侧身盯着屏幕，郑重说道。

王桂花飞快地在电脑上操作着，手指在微微颤抖，她很紧张，颤声问道："他……真是杀人犯？"

"公安局有五万块的举报奖金。"我戏精上身，瞬间觉得奥斯卡欠我一座小金人。

"……你为了钱？"她直愣愣地看着我。

"对！"

"这……不好。"

"桂花，人不能为了尊严，连钱都不要了。"

她打了个寒战，紧紧咬住嘴唇，欲言又止地看着我。

"平分，一人一半。"我继续演下去。

"不！不！我不要，都给你。"她似乎受了惊吓，脸色惨白，立刻把头摇得像拨浪鼓。

我心里涌过一丝歉疚，也许不该欺骗这个老实人，可是……我迅即用冷漠压下了妇人之仁。成大事者，必定心如坚冰。我的人生之所以如此失败，皆因为心太软。从今往后，我要做个心狠手辣的蛇蝎之人。

"查！你已经脱不了干系了。"我逼迫道。

她看了我一眼，默默地低下头继续搜索。屏幕上的名字一排排缓缓闪过，王桂花嗫嚅道："没有他，他没有登记。"

"不可能！"

"真的没有。"

我转身进了柜台里边，把近期入住的客人信息都扒了一遍，果然没有找到那个络腮胡子，我俩面面相觑。

王桂花跌坐在椅子上，好像浑身的元气都散了。

"你说过他是住店客人。怎么会没有信息呢？"

王桂花回想片刻，说道："我在客栈见过他两次，一次在商品部买东西，还有一次是在餐厅，他跟人在吃饭。"

"什么样的人？"我立刻追问道，下意识地感觉是他的同伙。

"……想不起来了。是个男人。"

"听见他们说什么了吗？"

"没有。"

"你后来见过他的那个同伙吗？"

"……不记得了。"

"你是猪脑子吗？一问三不知。王桂花，这可是一个杀人嫌疑犯呀！万一从你这儿漏网，你罪过大了。你怎么这么笨啊！"我劈头盖脸一通训斥。

王桂花委屈地瞥了我一眼，一层泪花迅速涌满眼眶，她倔强地咬住嘴唇，迅速转过身去，不让我看见她的泪水奔涌而出。

我看着她因为抽泣而剧烈颤抖的后背，伸出手想拍拍她的肩膀，犹豫了一下，又把手收回去了。

沉默了片刻，我们都没有说话。

我转身离开，走出大厅。

我来到客栈门前。

这里是一个小广场，四周设着露天的烧烤和啤酒摊儿。

不久，暮色降临了，远山含黛，树影婆娑。

摊主在招揽生意，烤肉串儿嗞嗞地冒着油，散发出诱惑的香味。一群群食客围坐桌前，酒肉人生，纵情欢笑。

我慷慨地点了三十根肉串，四个烤鸡翅，外加两个大腰子。

我知道食肉者鄙，可是，我食素就不鄙了吗？鄙不鄙，跟吃什么，没关系，跟吃的人有关系。

独坐桌前，我踢掉鞋子，光脚踩着木凳。大口吃肉，大碗喝酒。看夜空，星辰闪烁，胸中滋生一股冲动，从此就浪迹江湖快意人生吧。

突然，有锣鼓声骤然敲响，锣声密，鼓点急，铿锵有力的节奏，瞬间吸引了食客们的注意。

广场中央，熊熊的篝火燃烧起来，火焰璀璨，划破夜的暗黑。

一非洲土著模样的小伙儿站在火堆旁，好像他刚从非洲原始丛林穿越而来，他面色漆黑，头戴巨大的红色长羽，脸上用白漆画着月亮和奇怪的图案。

他舞动燃烧的火把，火把顿时化身游龙，在他的脸、胳膊、胸膛上燃烧。众人正看得目瞪口呆时，突然，他将火龙吸入口中，少顷，他张开嘴，那条火龙蹿出，再次在火把上游走奔腾。

围观的人群爆发出热烈的掌声与尖叫。

那非洲兄弟更来劲了，他随意操控那火龙，时而吞下，时而喷出，时而在头顶，时而在胯下。那火龙似一条软带，被他肆意舞动耍弄。耍到极致时，他发出嗬嗬的呐喊声，将整条火龙装进他宽大的裤子里。

我的心悬了起来，惊愕地看着火龙在他的裤裆处燃烧，他伸手抓过去，火龙被捉出来，再次被他轻松地玩耍在掌股间。

我松了一口气，看他再次将火龙塞进裤子里，不料，这次他失手了，那火龙被惹怒，竟躲在里边不出来了，他抓挠了几次，都没有抓出来。

瞬间，他被火龙点燃了！

他惊慌地甩动身体，他挣扎、奔跑、呼喊、左冲右突，竟然都无法逃脱火龙的围困。

他的双蛋，一定被烤熟了。

围观的人群发出惊恐的尖叫，有的女孩子双手捂住眼睛，不敢再看。

酒精令我化身英雄好汉，我倏忽跳了起来，向那小伙冲去，我把他扑倒在地，我抱着他在地上翻滚，就像抱住我患难的兄弟……

他却一把将我推开，当我试图去拉他时，他竟然丧心病狂地在我脸上狠狠咬了一口。

我叫了一声，我肯定叫了一声，但被随即而起的锣鼓声湮灭了。

他跳起来，像青蛙一样，在地上蹦来蹦去。他一定很疼，他捂着裆部，飞快地逃走了。

随着喧嚣的音乐声，一群身穿佤族服装的姑娘和小伙来到我面前，他（她）们扭动腰肢，罗裙飞扬，舞步妖娆蹁跹。

懵懂之间，一个姑娘向我伸出手，我被她牵引着，站起身来，不由自主地随着她翩翩起舞。

星空之下，夜色幽蓝，她的脸笼罩在月辉中，美丽到无法看清。她的身段妙曼婀娜，眼波妩媚如丝，她巧笑倩兮，若即若离，似乎是我前世遗失的爱人，穿越层层时光的雾霭来认领我。

我的心如冰封的湖面，春风掠过，暖阳高照，激活了尘封的渴望与爱恋。

鼓点铿锵，舞步轻快。

月光下，她的影子如一个恍惚的梦，我极力跟上她的步伐，生怕梦一醒，她就消失不见了。

篝火熊熊，锣鼓蛊惑着人心，呐喊的号子，似在为夜色中游荡的魂灵招安。

我和那姑娘手拉手围着篝火跳跃，我们一起呐喊着，奔向火光，逼近烈焰；又惊叫着，退回黑暗。再一次，我们张开双臂，向火焰冲去，让火鞭抽打我，舐舐我……

我是，我一定是，被黑暗囚禁在地狱中的游灵。唯有投身烈焰，才能浴火重生。炙烤我吧，焚烧我吧，我愿意化为灰烬。

游灵，我们都是游灵。

暗黑，我们都困守于暗黑，变成暗黑的一部分。

来吧，这不可拒绝的召唤。这不可拒绝的鞭打。这不可拒绝的救赎。

有更多的人，加入跳舞的队伍。那么多的男人与女人冲进来，打乱了队形，冲散了我和那个姑娘，我的手被另一个人握住。

我惊慌地寻找我前世的爱人，她也四处寻找我。我们下意识地奔向对方，再一次，将彼此的手紧紧握在一起。

　　就在此时，我突然愣住了，我的这个前世是……王桂花。

　　我看见了她的黑刘海儿，门帘一样挡在前额。

　　王桂花攥住我的手，紧紧地攥住，近乎癫狂，似乎我是她不能分割的一部分。

　　我血脉贲张。我攥紧她的手，带她扑向燃烧的烈火，不顾一切。直到火焰舔舐我的脸庞，一阵灼疼，我拉着桂花下意识地退回来。

　　退回来，退到安全的黑暗之地。

　　在最后的一刻，我们清醒了。

　　我和桂花气喘吁吁地看着彼此，她跳得满头大汗，刘海儿一绺绺粘在前额，我情不自禁伸手帮她撩刘海儿，她一歪头，慌忙躲开了。

　　我一把拉起桂花的手，向广场外跑去，一直跑到客栈背后，那一片繁茂的森林的边缘。

　　月色皎洁，草丛里传来小虫的轻声哝哝。

　　我和桂花坐在一块大石头上，她拉起裙摆盖住双脚，安静地望着远处的夜空，沉默不语。

　　月光下，她的脸美丽圣洁。此刻，她不再是跳舞时奔放热烈的那位女子，她是恬淡的桂花，就像她的名字，简单、质朴，开白色的小花，细如碎米，却也散发着幽幽的香气。

　　一阵清风掠过，果真，有暗香袭来。

　　我嗅着那股香气的来处，是从她身上来的。我被诱惑了，渐渐向桂花靠近，我的嘴唇停留在她的腮边，心跳如脱兔。

我想，我是有点喜欢桂花的。

也许因为她朴实，也许因为她懂事，也许就像米娜说的，桂花不会带来任何麻烦。

想到米娜，我停住了，要是被那些情感专家知道了，他们一定会站在道德高地抨击我：渣男，你刚刚分手啊！

可是，话说回来，刚分手的人才更需要安慰呀。

就是！

我抱住桂花，伏在她的腮边。此时此刻，我是如此地孤独，如此地需要爱。

"我……我喜欢你。"我用嘴唇蹭着她的脸，把这句话蹭得支离破碎。或许，我只想传达一个大概的、朦胧的意思。

"你……这个坏蛋。"她竟然听清了。

"我不坏，我还救过你呢。"

"呃？什么时候？"

"在山洞，那络腮胡男人要欺负你时。"

"他没有欺负我，他是给我处理脚上的伤口。"桂花反驳我。

"我以为他要欺负你。"我加重语气。

"你真坏，坏人才会把别人想得很坏。"桂花低下头，轻声说道。

我顺势捉住她的手："想不想知道，我到底有多坏？"

桂花羞涩地推开我，从胸前衣襟上摘下一团东西递过来。

是一束桂花，白色的小花，密密麻麻，簇拥成团。

"桂花？不是八月才开吗？"我端详着手里的花串。

"傻瓜，桂花有很多种，金桂、银桂、四季桂。"

"还有四季桂？一年四季都开花吗？"

"嗯，很贱的花，像我。"她叹息道。

"也不是呢，'桂子月中落，天香云外飘'，说的就是桂花呀。"我安慰她。

"我出生的那天，门前的桂花，都开疯了。奶奶说，女娃贱，就叫桂花吧。旱也旱不死，涝也涝不死，好养。"

"你不要自轻自贱嘛。那嫦娥仙子住在月宫，她种什么树不行，干吗非要种棵桂花树，可见桂花是很高贵的。"

"还是因为贱啊！吴刚天天刀砍斧劈，换了别的树，早死绝了。桂花树就不死。就算砍光了所有的枝条，它还是能发出新芽，长出枝条，厚着脸皮活下去。"她自嘲地笑，口气淡淡的。

"桂花，你这么自卑，是不是没有人爱你？"

……她沉默，没有说话。

"你的妈妈，奶奶，她们都不爱你。"

"她们是我的亲人。"桂花纠正我。

"亲人之间的伤害，才更令人心寒。"我想起一些往事，我的，以及我朋友满娃子的。

"不是不爱，她们……只是太难了。"

"你爸爸呢？"

"死了，我五岁时，他就死了。"她轻描淡写。

我嘘出一口气，不知如何安慰她。

她轻轻笑了，说："没事儿，时间过得太久了，我都想不起他的模样了。有时候，我在门前的桂花树下乘凉，恍惚听见他叫我的名字：桂花，桂花。我一抬头，就看见他正笑眯眯地看着我。"

我伸手拍拍她的肩膀，希望我的怜惜，她能感觉到。

"每天吃饭时，奶奶都会摆四把椅子，四双筷子，奶奶、妈妈、我，还有爸爸。好多次，我觉得爸爸扛着镢头刚从地里回来，也不洗手，在我们身边坐下。他拿起筷子吃饭，呼噜呼噜地喝汤，喝得满头热汗。"

……

"爸爸跟我们一起吃饭，可他不跟我们住在屋里。有时候，快要睡觉了，他还磨蹭着不走。奶奶就骂他'讨债的，还不回自己屋去'。他才嘟嘟囔囔地推门出去。对了，爸爸的坟就在门口的桂花树下。说起来好笑，有时候，奶奶半夜睡毛了，想起了什么，就会推开窗户，对着外边的爸爸骂几句。"桂花轻轻笑了。

"你……害怕吗？"我吸了一口气。

"不怕，他是我爸爸。"

"可是……活着的人，怎么能跟死人在一起呢？"

"活着的人，最后，都会死的。"她慢慢说道。

我一时无语，陷入长久的沉默。

我莫名地有些后悔，也许我不应该一时冲动，带桂花出来。她有她的生活，我有我的生活，我们原本萍水相逢，互不相干，何必自作多情地非要攀缘。

一定是那迷离的夜色，蛊惑了我。

一定是那火焰虚幻出的光明，诱惑了我。

"好看吗？"桂花突然碰碰我，轻声问道，并伸手撩起刘海儿，露出了整个额头。

我一怔，实在太意外，她万年不动的黑门帘竟然掀开了。

桂花把脸向我面前凑了凑，我本能地敷衍道："好看。"

"真好看吗？"她追问。

"嗯，你应该换个发型，这个早过时了。"

"我是说额头那条疤，好看吗？"她浅浅地笑着。

我仔细看她的额头，那里果然有一条疤痕。月光下，像一条阴险的大蜈蚣，秘密潜伏着。"呀，怎么搞的？你太不小心了，一个女孩子，这不破相了嘛。"我叹息道。

桂花用手撑着头发，固执地把那条"蜈蚣"向我又凑近了一些，好像要对我发动攻击。

我向后躲闪了一下身子。

"你仔细看看。真好看吗？"这傻桂花，不但固执，还有些顽皮，非要我看她的这条伤疤。

我推开她，打趣道："哎呀，丑死了！"

"就是，我奶奶也说，你本来就丑，一破相，看哪个男人还要你。"桂花模仿着奶奶的声音，苍老、苛刻。而后，她没心没肺地笑出声来。

不是应该难过才对吗？我都没见她这样笑过。

她终于松开手，那层刘海儿搭下来，把那条阴险的蜈蚣藏起来了。嗯，还是藏起来好，那么丑的一条伤疤，只会让人尴尬。

"为什么会这样？好大的一条疤呢。"我问道。

"嗯，是好大。我不小心摔了一跤。"她又恢复了平静。

"你妈妈就不带你去医院吗？如果缝一缝，就不会这样了。"我忍不住生气了，桂花的妈妈真的不爱她。

"缝过了。兽医缝的。"她轻描淡写。

"呃……兽医？"我难以置信地看着桂花。

根据桂花接下来的讲述，我相信她没有撒谎。

那是好多年前的事儿了。那时，桂花还是个小女孩，正在上小学五年级。有一天，她站在教室门前的台阶上，有几个同学在疯打闹，有人突然撞了桂花一下，她就摔倒了，一头撞在石头台阶上。

等她爬起来时，她的眼睛看不见了，被一层湿漉漉的东西糊住了。她使劲抹了几把，才模糊看清两只手上全是鲜红的血，她愣着，感觉额头那儿被劈开了一条裂缝，有阴冷的风从里边呼呼向外冒。

她惊慌地捂住那条裂缝，想把它合起来，然而却合不上，裂缝越来越深，她整个人都要被分成两半了，有更多的血奔涌而出。

有几声尖叫传来，紧接着，是更多的尖叫。

纷乱的脚步奔涌到她的身边，她的同学们围住她，尖叫，或者号啕大哭。

她不知道那些人为什么尖叫？她也不知道他们为什么会号啕大哭，这让她很害怕。她想自己肯定闯祸了，制造了巨大的麻烦。她束手无策，不知该如何改正这个过错。她吓得身子发软，于是重新倒在地上。

石头台阶很坚硬，她尽可能地让自己紧贴着身下的石头，这让她感觉安全，悄悄地舒了一口气。

好了，现在，她终于感觉到疼痛了。

疼痛从那条裂缝向四周辐射，就像光波，一圈又一圈，飞快地扩散至全身。

疼到极致了，那不是她的身体，那也不是她的疼痛了。恍惚中，有一个念头闪过：也许，就这样死掉，更安全吧。

很久后，也可能，只是一小会儿，班主任老师来了。

这个壮硕的中年男人拽着她的胳膊，把她从地上拉了起来。她很累，还想再躺一会儿，可是她不敢。因为班主任老师的时间很宝贵。他白天给四个班的学生上课，晚上要回家种地，他有三十多亩地，养活着一家老小六七口人。

当家做主的人，脾气总是很大。

小小的桂花懵懂地跟在班主任身后，深一脚，浅一脚地走着。

途中，她想起家里那只大公鸡。过年时，妈妈要杀一只鸡敬神，那鸡扑腾着身子扭来扭去，杀得一身血，也没杀死。奶奶一言不发地走过来，她一手抓住鸡的两只翅膀，另一只手抓住鸡脑袋，顺势一扭，那公鸡的脖子就断了。

奶奶把公鸡扔在地上，它扑棱着身子向前走，脑袋垂在胸脯上，像喝醉的酒鬼，深一脚，浅一脚，身上的血滴滴答答洒在泥地上。

桂花跟在班主任的身后，想起那只鸡走路的样子，跟自己一定很像。她咧嘴笑了一下。

班主任给桂花洗了脸，整整洗了三大盆通红的血水。然后让她坐在椅子上，仰着脑袋，在她额头的那条裂缝处抹碘酒。那裂缝像小孩饥渴的嘴巴，喝干了半瓶紫色的碘酒。

班主任很心疼他的碘酒，一边抹，一边没好气地嘟囔。

其实桂花不想洗脸，也不想抹碘酒。她想让妈妈看见她流血了，流了很多血。如果能让奶奶也看见，那就太好了。奶奶会给她煮荷包蛋吃，里边还会放一大勺白糖。每次生病的时候，奶奶都会给她煮荷包蛋吃，有时候听见她咳嗽，还会用猪油冲一碗蜂蜜水给她喝。

桂花想，我今天流了这么多血，荷包蛋和蜂蜜水，肯定都会有的。

可是，老师把她脸上的血都洗掉了。她舍不得。但她不敢说，真是满心的酸楚和难过。好在，她衣服上的血是洗不掉的，她白色的棉布上衣开满红色的血花，真好看。

到傍晚的时候，桂花妈终于来了。她是从地里直接来的，走了20多里山路，驮着一只重重的背篓，里边装着刚从泥里挖出的山药蛋。

桂花看见妈妈，心里一酸，眼睛就模糊了。她还没来得及说话，妈妈就向她冲了过来。

妈妈扬手就打了桂花一巴掌，骂道："你又不听话，你是想气死我吗！"

桂花哽咽着抽泣起来。

班主任上前拉开桂花她妈，解释说："孩子从台阶上摔下来了。"

"那么多孩子，怎么就她摔下来了！她就是个闯祸精。"桂花妈妈生气地嚷道。

桂花抽泣着哭起来，她极力想忍住，忍得很艰难，脸都扭曲了，把额头那条裂缝又崩开了。有一道山泉从缝隙里汩汩而出，红色的泉水，漫过眉毛，滴滴答答地滴在水泥地上。

"你还哭！你还有脸哭！"妈妈训斥道。

班主任从兜里掏出几张皱巴巴的零碎票子递给桂花妈："给孩子买点吃的吧，我也帮不上啥忙。"

桂花妈的眼睛一下子直了，她揪过桂花，摁到地上，连连给班主任磕头，嘴里诺诺说着："老师，都是我们不好，给你添麻烦了，真是对不住你。"

在妈妈摁着桂花磕头的时候，她背篓里的山药蛋争先恐后地滚出来，在地上四处逃窜，它们一定是受了极大的惊吓。

从那天之后，桂花就再也没上过学。

她不是不想去学校，可是额头上那条裂缝一直长不拢，不久还化了脓，散发着一股臭鸡蛋的味道。她走到哪儿，都有一群苍蝇热情地追着她，嗡嗡嘤嘤地抢着问候她，好像她们是亲密无间的好朋友。

桂花很害怕这些苍蝇会一直追到学校去，它们呼朋唤伴，越聚越多，像一股黑色的旋风盘踞在她的身后，害得她那些同学笑掉了大牙。

桂花每天跟妈妈去地里干活，有时去山坡上放牛。桂花的妈妈会采一些草药，捣成糊糊抹在她的额头上，像用泥巴填一条墙缝。有时，也会煮些黑乎乎的草药水给她喝。

后来，有一天，家里的老牛病了，于是，桂花妈妈把村里的兽医找来了。

那兽医给牛看完病后，桂花背着一大捆牛草从外边回来，两人在门口碰上了。

兽医闻到了一股腐烂的味道，他瞅见了桂花头上化脓的伤口，啧啧了两声，就给她清理起来。

兽医拿出一根牲口用的针，就着针上一截剩线，潦草地给她戳了几针。

针大，线粗，缝到一半，线不够了，兽医也懒得换，他把线拉紧，把伤口缝得像个收拢的荷包。

后来，那条裂缝就长好了，结了疤，像一条青色的蜈蚣，不动声色地潜伏在她的额头上。那些粗大的针脚，就像蜈蚣的很多条腿。

……

桂花终于讲完了她的故事，她低下头，黯然说道："这条疤，很难看，它……让我很自卑。"

"你受伤的时候，你妈妈，你奶奶，你爸爸，就没有一个人带你去医院吗？"

桂花轻轻摇摇头。

"你爸爸那时还在吗？"我替桂花难过，我的愤怒简直无以言表。

"不在了。"

"那会儿，你多大？"

"我十三岁，上小学五年级。"桂花定定地看着我的眼睛。

"那你……老师呢？老师也不管你吗？"

"有几个同学吓哭了，老师去哄他们了。"

"那时，你害怕吗？"

"怕得要死，我又闯祸了，妈妈会打死我的。"

"……这不是你的错，桂花。"我安慰地拍拍她的肩膀。

"是我，都是我不好。"

"别难过了，桂花，会好起来的。"我嘟囔着，心里真的很难过。

"嗯，可能吧。"

"真的，肯定会好起来的。等我有钱了，我带你去整容，去韩国。人家都是换脸，你这最多就是磨个皮，很简单的。"我激动地拍着胸脯，信誓旦旦地向桂花保证，作为朋友，我一定会出手相救的。

桂花点头，乖乖地说："好。"

她笑眯眯地看着我，那笑容意味深长。换了米娜肯定抢白我说："问题是，你什么时候能有钱？"

"我不骗你，桂花，你一定要相信我。"我抓住桂花的手，我觉得她太可怜了，我必须帮她。我肯定帮她。

嘀，嘀，我的手机突如其来地响了，我被吓了一跳，愣了片刻，才醒悟是微信提示音。

我打开手机一看，是"黑猪"，他又发来一条微信。

"黑猪"说：去客栈 2018。找成坤。告诉他你是刘方正。你要200 万。

我立刻清醒了。

我飞快地把整个事件的来龙去脉捋了一下，一个大胆的计划浮出我的脑海。

也许是我沉默得太久，桂花感觉到些许的不安，她碰碰我，轻声问："你没事吧？"

我看着她的眼睛，这双清澈的眸子，在夜色里，如此温婉动人。

我抓住桂花的手，认真地说："从现在起，桂花，你要听我的。"

桂花有些懵懂地看着我，试图挣开手，我抓得更紧了，固执地说："不要拒绝我，桂花，这是改变命运的机会，我和你，一定会很幸福的。"

她抽回手，双手挡着脸颊，紧张地说："这……这太突然了。"

她的神情十分扭捏，我被她怪异的行为搞糊涂了。

"我们一定会幸福的，你要相信我。"

"我们，幸福？不，不，你……你不要这样。"她惊慌失措道。

我醒悟过来，简直又好气又好笑。我的表现很像求爱吗？我不过是想找个同伙而已。

这个傻村姑，她是有多缺爱啊！我都被她气笑了。

我没有戳穿她，郑重地说："桂花，你听好了，那个被通缉的络腮胡子，我准备追查下去。咱们不能放过一个坏人，也不能冤枉一个好人，是吧？"

桂花眨巴着眼睛，看看我，好像刚睡醒的样子。她嘀咕道："哦，你说的都对。"

"如果我们能确定他是那个通缉犯，就会得到那笔奖金。五万块呀，全部给你去整容。你看，既为民除害，又改变了你的命运，是吧？"

"嗯，你说的都对。"桂花点头。

"桂花，不要怀疑！不要问为什么！也不要告诉任何人！能做到吗？"

"能……吧。"她疑惑地看着我，似乎欲言又止。

"你知道得越多越危险，我都是为了保护你。"我补充道。

"嗯，你说的都对。"她又嘀咕了一句。

我站起来，拍拍她的肩膀，说："就这样，行动！"

我大步流星向前走，桂花亦步亦趋跟在身后，什么也不问，好像我去哪儿，她都愿意跟到哪儿。我对她的这种态度，很满意。一个怀揣十万个为什么的女人最讨厌。

满意之余，我突然想起一个小故事：国外有一对老夫妻，过着贫穷的日子。不管老头子干什么事情，老太婆都给予高度赞赏：老头子先是将马换成了牛，老太婆说老头子做事总是对的；后来老头子一鼓作气把牛换成了羊，又将羊换成了鹅，将鹅换成了鸡，最后，又将鸡换成了一袋烂苹果。总之，越换越差劲。这事要搁一般婆娘身上，肯定要把老头子撕得一地汗毛。但是人家老太婆每次都说，老头子做事总是对的。

听到这儿，肯定有人要跳出来指责老太婆睁眼说瞎话，害人害己。别急，故事的结尾是这样的：有两个富人听说了这件事，对老太婆的智慧十分赞赏，就用一袋金子换走了那袋烂苹果。

没问题，相当好！

每一个老头子，都希望有这样一个老太婆。

问题是，到哪里找愿意拿金子换烂苹果的富人？

一路无话，我和桂花很快回到客栈。

客栈门前的小广场上，已人去客散，寂静清寥。篝火燃烧过后，只剩几根颓败的木桩，横七竖八倒在地上。如果不是它们冒着淡淡的青烟，我几乎忘了就在不久之前，这里刚刚举行过一场狂欢。

就是在那时，我和桂花手拉手，心连心地走到了一起。

这么快，那一切，都过去了。

我的秘密还在生长

我决定单刀直入去 2018 房间，留下桂花在客栈门前接应我。

站在一棵黄桷树下，我部署了我的行动计划，我告诉桂花："如果一小时之内，我没有回来，马上给我打电话。如果我的电话没有接通，那我肯定出事了，也许已经被灭口了。你必须马上报警……"

突然，扑拉拉一阵乱响，天空中掠过两道诡异的黑影。与此同时，有一些湿漉漉的东西落在我的脸上。

我抬手一抹，黏糊糊，臭烘烘，是……鸟屎！

妈蛋，天将降大任于是人也，必先抹你一脸鸟屎吗！

我悻悻地诅咒着："该死的鸟，看我不把你大卸八块。"

"这……好像是不祥的预兆。"桂花的声音有些颤抖。

"呃……不会的。"我安慰她，也安慰自己。

"以前，有一次鸟粪落在我头上，奶奶就拿着一只豁口的破碗去村里讨米，30 户人家，每家讨一小簇儿。她拿着那一碗米，还有我当时穿的衣服，来到十字路口，把衣服扔了，把米撒在地上。然后，她叫着我的名字，一路走回了家。对了，千万不能回头看。"桂花神神道道地说道。

"为什么？"

"听说如果回头，会看见可怕的东西。"

"不会的，怎么会呢！"我下意识地四处张望着。

"就算落到衣服上，也很不吉利。况且你……还是落到头上和脸上。"

"难道……这预示着灭顶之灾。"我嘀咕着。

"要不……这事就算了吧。"桂花吞吞吐吐地说。

"那怎么行！"我立刻否定，心想，这可是 200 万啊！

"现在收手，也许……还来得及。"

"不！就这么定了。"我转身就走，箭在弦上，不得不发了。

身后传来桂花重重一声叹息。

穿过长长的、无人的走廊，在走廊尽头，我终于找到了 2018 号房间。

站在门口，我调整了一下呼吸，刚要抬手敲门，突然旁边的房门无声地开了，出来两个彪形大汉，黑衣黑脸，一左一右，迅速将我围住。

"你是谁？干什么的？"其中一人问道。

"哦，没事儿，随便转转。"我故作镇定。

"走开！这里不许转。"其中一人推搡我。

"……哎，我找人。"我挣扎着，不肯离开。那两家伙架起我的胳膊，向前拖去，我大声喊，"我是刘方正，告诉里边的人，我是刘方正……"

这时，2018 号房间的门开了，一个穿中式服装的年轻男人出现在门口，沉声说道："让他进来。"他有一张方方正正的国字脸。

那两个鲁莽的大汉立刻闪到一边，噤若寒蝉，垂手而立。

我瞪了他们一眼，走进门去。

国字脸男人面无表情，只淡淡瞄了我一眼，那眼神鹰般犀利。他没有说话，稳步走在前边，从他后脖颈的位置，能清楚地看见他的腮帮子，我心里咯噔一下：脑后见腮，必属阴胎。

这是个厉害的对手。

我下意识地回头，房门已在我身后无声地关上了。

我膝盖一软，脚步顿挫了一下，想起另一个脑后见腮的家伙——战国时期魏国大将庞涓。据说庞涓与孙膑一同拜于鬼谷子门下学艺，他嫉妒孙膑的才能，害怕对方超过自己，便以莫须有的罪名设计陷害孙膑，把他的膝盖骨剜去了。

我僵在原地不动，一时不知该进该退。

国字脸男人停下脚步，慢慢转过身看着我，神情莫测。似笑？非笑。似怒？非怒。或者他正在心里盘算着如何收拾我。

我有些慌了，也许我不该来，这里一定很危险。

可是"黑猪"说：只要告诉对方我是刘方正，他就会乖乖给我200万。啊，怎么可能，我以为我是谁？死神嘛！

只有死神降临才会让人乖乖交出钱财，不！舍命不舍财的吝啬鬼多了去了。我一定是脑残电视剧看多了，才会分不清现实与梦幻。

我正胡思乱想着，里屋飘出来一个人，宽袍大袖，白衣白裤，手里悠悠捻着一串念珠。

我一惊，又一喜，哎呀，这不是教我睡觉那个老头嘛，他怎么也在呀？

那国字脸男人看见老头，立刻弯下腰，鞠了一躬，而后恭立一侧。

我快步上前，一把抓住老头的手，激动地："哎呀，大师，是你呀。我早就看出你非同凡人。"

白衣老头皱眉看着我，眼神在我脸上肆意盘旋，像苍蝇揣摩一块鲜肉。他似乎想不起来我是谁。

那国字脸男人凑到他耳边窃窃私语，老头一惊，他嗖地抬起头打量我，惊诧地问道："你……你是谁？"

"我是——刘方正。"

老头一愣，脸皮抽搐了一下，身子颤了颤，似乎受到重创。那男人赶紧扶住他在沙发坐下。老头佝偻着身子，爆发出一阵剧烈的咳嗽，额头青筋凸显。

他的反应为何如此强烈？

老头闭上眼睛，深深喘息了一会儿，才缓缓问道："你……真是刘方正？"

我使劲点头，有生以来，第一次感觉自己的名字如此有震撼力。

老头咽了一口唾沫，轻轻挥一下手，那国字脸男人立刻退出去了。老头叫他阿龙。

"我找成坤。"我说。

"我就是。"他答。

原来，这老头就是"黑猪"要我找的人啊。

我迅速打量房间，极度奢华宽阔，摆着很多我没见过的东西，金碧辉煌，也不知道是真金，还是镀金，总之，这里应该是个总统套房吧。

这老头，应该真的很有钱，一般人哪用得起好几个跟班。

那么，他跟我到底有什么关系呢？

我迅速展开思考，难道我俩是亲戚？俗话说，穷不过三代。别信，那都是骗人的，我们家祖祖辈辈已经穷了十代了。我不撒谎，这事我是认真的。

那天我看过电影《西虹市首富》之后，就跑回家，把我爸妈两边的家谱翻了个底朝天，当年高考都没下那么大功夫，万一哪一辈儿冒出个富翁亲戚等着我继承遗产，我也好有个心理准备。

但是，不得不说，我很佩服我的祖宗仙人，他们繁衍了十代，仍不忘初心：做个穷人。

所以，我们家是真正的寒门，板上钉钉的事。不，我们家连门都没有，据说我爷爷那辈是要饭的。

此刻，成坤死死地盯着我的脸，神情复杂，似喜非喜，似悲非悲。应该用"无语凝噎"来形容比较合适。

他不是得道仙人嘛，应该有"任他东西南北风，我自岿然不动"的魄力，是什么让他如此不安呢？

我也不知道该说什么，只能任由他先看看吧，反正也看不坏。

或许，我的脸上写着他的前尘往事，他拂开这表面的尘埃，就露出了藏在里边的事实真相。

有那么一瞬，我甚至怀疑，眼前这个叫成坤的老头没准是我妈年轻时的外遇。在某种因缘巧合之下，我妈背着我爸红杏出了墙，然后就有了我这个孽种。过了很多很多年后，这老头发达了，于是亲自导演了这一出"认亲"大戏。

难道说，我是这个老头的一颗"遗珠"？

我眼前浮现出我妈在狭小的厨房挥舞锅铲的形象，滚滚油烟中，她蓬头垢面、衣衫褴褛、粗皮糙骨，实在找不出一点红颜祸水、水性杨花的端倪。

且慢，虽然她是我妈，我也不能轻易否定她。一等女人靠骨，二等女人靠皮，三等女人靠气质，四等女人靠心计，五等女人，也许只是酒后乱了个性，也许只是空虚寂寞冷惹的祸呢……

如此看来，一个女人拿下一个男人的机会，实在太多了。所以，我妈曾经颠倒了眼前这个老头，可能性，还是挺大的。

当然，这个事情，要客观地看，不能因为她是我妈，就不允许她在花样年华浪一浪，她有这个权利。

再说了，我早就怀疑我爸不是亲生的了，每当他冲我大吼大叫的时候，每当他不分青红皂白把我关进小黑屋的时候，每当他抡起拳头揍我的时候……所以，我对突然冒出个亲爹这种事儿，并不排斥。

"你来干什么？"成坤突然发问，打断了我的思路。

……唔，是呀，我来干什么呢？我问自己。

"你有什么目的？"

是"黑猪"让我来的，可是这个老头跟"黑猪"有什么关系？我突然意识到，从头到尾，我竟然什么都不知道，就被卷到这件事情中来了。

"我们认识吗？"他冷冷地再问。

"……认识呀，就在客栈门前的荷花池，你在练气功，你还教我呼吸大法。可惜我后来睡着了，等我醒了，你已经消失不见。"我终于有话说了。

"哼，那是偶遇。"

"偶遇？难道不是你刻意安排的吗？"我愣着。

"谁让你来的？你有什么目的？说！"老头死死地盯着我，喝道。

我的脑门上开始冒冷汗，我好像想得太多了，嗯，这事应该跟我妈真没关系，否则那个"黑猪"怎么解释呢？

我他妈的，内心戏就是多。我早就不写诗了，这胡思乱想的毛病还改不掉。我对自己清奇的脑回路真是够够的，我对被"黑猪"牵着鼻子转圈圈，也真是够够的了。

我想转身逃出去，可一想到门外那两个彪悍的黑大汉，顿时，我……尿了。

于是，我把事情的来龙去脉全部告诉了成坤，我把"黑猪"的那封信也给他看了。我告诉成坤，我跟"黑猪"在十二背后擦肩而过，他是一个江湖大盗，飞檐走壁、心狠手辣。

成坤对"黑猪"十分感兴趣，向我追问他的相貌、身高、体征等等。

我很想把先前那两条视频放给他看，遗憾的是视频已过期，无法观看。于是我尽量详尽地描述了"黑猪"的长相。

老头咬牙切齿道："是他！"

"这'黑猪'，跟你有仇？"我问道。

成坤眼中射出冰冷的寒光，"他想杀死我！他更想杀——死——你！"

我吸了一口凉气，感觉身不由己跌入一个巨大的黑洞。

"他一直想杀死我们。"成坤凑过来，盯住我，一字一顿说道。

我闻到一股灰尘的味道，夹杂着草木朽烂的气息，是……死亡的味道。

对，是死亡。在我奶奶去世前，她身上就散发着这种味道。那时，她养的狗，天天与她形影不离。而她养的猫，则对她绕道走。满娃子告诉我，猫和狗都能提前感知死亡，但它们作出了不同的反应。

我想，本质上我是那只猫。

我贪财，更贪命。

于是，我迅速镇定了一下，对成坤说："你跟'黑猪'之间有什么恩怨情仇，我不想知道，也不想参与。"

"那你来干什么？"

"我……就是想把这些告诉你。"

"仅仅这些？"

"嗯。"

"那 200 万，你不要了？"成坤冷笑道。

"……真有 200 万？"

"对！"

"为什么？"

"你无须知道。"

"……可是，这到底是为什么？"

"闭上嘴，你将改变命运。"

"你们到底是什么人？想要我的人？还是要我的命？我为什么会被卷进来？"我不甘心地追问。

"酒色财气四堵墙，人人都在里边藏。你很想要！我知道。"

我是很想要，可是，我也很怕死。

"你想钱！一定快想疯了。"成坤的目光咬着我的脸皮。

"……我想知道原因。"我支吾着。

"穷惯了的人，果然愚蠢。"他不屑地冷笑。

"要不……你报警吧。你和'黑猪'之间的恩怨，我不想卷进去了。"我站起来，佯装向门口走去，我不能完全被他掌控。

房门打开了，先前那两个黑衣男子出现，他们分站房门两侧，并不看我，却像两只等待猎物经过的虎狼之兽，散发着危险的气息。

我停住脚步，不敢贸然向前。

"哈哈，小乖乖，不要跟我耍流氓，我比你更混蛋。"成坤哑声笑起来。

我定在原地，不动。

"刘方正，你住在重庆大石坝北国风光 5 号楼一单元 305 室，你爸刘庆娃是个下岗工人，喜欢喝酒打老婆。你妈谢明珠在菜市场卖菜，喜欢打牌骂街跳广场舞。你还有个女朋友，叫米娜，是你的青梅竹马。"成坤轻描淡写说道。

顿时，我有一种"人为刀俎，我为鱼肉"的惶惑与无助。"黑猪"和这个叫成坤的老头，他们早就掌控了我的一切，我在明处，他们在暗处。

万一，我就这样被他们灭了口，也没人知道吧！

不，我有王桂花，我不是一个人在战斗。她一定记得我俩的约定，关键时刻必然会出手救我。想到桂花，我心里涌起一股暖流。

"我给你 300 万。"老头说话了。

我一怔，又一喜，继而，再一惊。

"带我去见'黑猪'。"他一字一顿说道。

我暗暗呼出一口气，很怕，但这桩买卖，我很动心。

"你真叫成坤?"我问道。

"叫我魔鬼，那个'黑猪'，他叫我魔鬼。"他嘎哑地笑起来，像乌鸦的叫声。

我知道，乌鸦是一种诡异不祥的鸟，它们通体黑色，喜欢盘踞在墓地周围。

第二天一大早，清晨五点，我就出发了。

走出双河客栈的大门，没有见到一个人影，只有早起的鸟在树枝上啾啾鸣叫，我深深吸了一口微凉的空气。

早起的鸟儿有虫儿吃。那么，早起的虫儿是为了什么？被鸟吃吗？

我不确定我是早起的鸟儿，还是早起的虫儿。

我在客栈门前踌躇，门前有两条路，一条通往山上，一条通往山下。

我不确定该踏上哪条路，于是我靠住一块大石头，用手指摩挲着石头坑坑洼洼的表面，内心兵荒马乱。

"走吧。"有一个声音轻轻响起。

是桂花，不知何时，她已站在我身边，穿着白底红樱桃图案的上衣，背着一个花布小背囊。一双大眼睛在厚重的"黑门帘"下，幽幽地看着我。

我立刻笑了，桂花的出现，犹如扬汤止沸，我的心笃定下来。

昨晚，从成坤的房间出来后，我直接去找桂花。

她很听话，仍然留在广场等我。我一出现，她立刻从树影里扑出来，抓住我的胳膊，紧张兮兮地说，一小时的界限快到了，她正准备打报警电话。

我把桂花重新拽进树影里，动员她第二天跟我一起上山，去寻找那个网上通缉的嫌疑犯"黑猪"。

桂花慌乱地拒绝了。她说她忙得很，她要上班，还要帮她妈妈种向日葵，她妈妈喜欢向日葵，每年都会把院子里种得满满的。

"为什么要种向日葵？这些毫无用处的东西。"

"有用的，它们的花盘金灿灿的，真好看。我妈妈坐在台阶上打毛衣，或者剥花生壳，向日葵跟着太阳转，我妈妈就跟着向日葵转。从早晨到黄昏，她都坐在那里，我一回家，就能看见她。"

我无语，不知道桂花为什么要跟我说向日葵。

"我喜欢向日葵，我妈妈，还有我奶奶，我们都喜欢。"

"女人嘛，就是喜欢花花草草。"我不以为然。

"不是，向日葵还有一个名字叫太阳花。"桂花道。

片刻之后，桂花又说："我妈妈说，这世界上的一切都是太阳给的，只要有太阳，人就能活下去。"

"你妈妈种的……是希望吧？"我调侃她。

桂花很认真地看了我一眼，转身匆匆走了。

我看着她的身影被夜色吞没，心里很失望。我想她肯定是不会跟我进山了。

没想到，现在，她来了。

她无言地冲我笑了一下，我内心一暖，竟然有种相依为命的默契。

桂花和我顺着山路走出不远，路边灌木丛里无声地闪出四个人，是成坤、阿龙，和另外两个随从。他们全都穿着户外运动的冲锋衣，带着手杖，每人橙色的头盔上装着探照灯。其中一人还背着巨大的行囊，看来此行他们准备充分。

我和成坤用眼神打过招呼，一行人心照不宣地向山里走去。

大雾弥漫，笼罩了整个山林。

上山的栈道，被露水打得湿漉漉的，它蜿蜒如蛇，伸向未知的前方。

我和桂花走在前边带路，路边的竹丛凝露成珠，不时突然击中后脖颈，冰冷瘆人。

不大会儿工夫，成坤就走不动了，三个男人轮流背他赶路。

他哼哼唧唧着，一会儿骂地上的杂草，一会儿骂空中的云，一会儿又骂飞过的鸟。最苦的是那三个随从，若是走慢了，他就诅咒是乌龟爬；若是走快了，他就训斥说想颠死他。

三个男人沉默无语，没有任何表情。

我不担心他被颠死，倒是担心他被那几个大汉摔死。

成坤不时咳嗽，声音嘶哑，如萦绕的不祥之音。

途中，阿龙像伺候一个超级婴儿般照顾老家伙，给他喂吃的、喝的，还喂他吃药。阿龙动作轻柔，声音温婉，点头哈腰的模样充满了奴才相。我看着他，陷入迷惑，脑后见腮应该是个厉害角色才对呀。

中午时分，我们坐下休息。

我饥肠辘辘，后悔没有准备水和食物，桂花默默地从背囊里掏出一个东西给我。褐绿色，叠得方方正正，大小如半块砖头。

我打开一看，竟然是她自制的荷叶鸡包饭，打开硕大的荷叶，一股鲜香扑面而来，我从未吃过如此美妙的食物。

少顷，她拧开保温桶，用盖子倒了一杯红色的液体给我。见我疑惑，她低声说："是薏米绿豆汤，加了姜丝，祛湿的。"神情有些羞涩。

我发现桂花越来越好看，而她对自己的好，完全不自知。

成坤被荷叶鸡的香味吸引，看着我狼吞虎咽，生气地把他的面包和饮料扔到地上。

傍晚，夕阳落山时，桂花带我们抄近路，终于到达第一次遇见"黑猪"的地方。准确地说，应该是我们抵达了"黑猪"的活动范围。

我站在山顶，开始大声呼喊："黑猪，你出来。黑猪，你出来。"

成坤摆摆手让我停下，他说："你就喊'我是刘方正'。"

我想他一定是老糊涂了，我又不是巴菲特，不是比尔·盖茨，只要喊出名字，就会令群山战栗，众神归位。

"我是刘——方——正。我——是——刘——方——正。"我嘟囔着，十分扭捏，这三个字陌生、寒碜、卑微，散发着一股穷酸的味道。

在呼喊的过程中，我甚至一度怀疑，这个名字跟我真的有关系吗？它就像一个塑料的号码牌，在开运动会时，这号码牌戴在我的胸前，比赛结束后，又被收了回去。待到来年运动会，这号码牌又发给另外一个人，戴在他的胸前。

"笨蛋！大声喊出你的名字。"成坤训斥道。

我一闭眼睛，张开嘴，一股气流涌进喉咙，又反冲出来。我听见一个陌生的声音四处乱窜，像秋风扫落的败叶："我是刘方正！我是刘方正……"

这声音尖细、短促、鬼鬼祟祟，令我羞愧。

"呜……"一声低沉厚重的嗥叫传来，似乎是从地底下发出的。

众人怔住，茫然四顾。

又一声嗥叫传来，"呜呜……"似悲鸣，又似在呼唤同类。

我看到了，就在不远处的山顶上，那个络腮胡男人——"黑猪"正驻足向这边打望，他的身边，站着那只嗥叫的狼。

在他们背后，有璀璨的阳光，将他们镀上一层炫目的金色。

太阳，什么时候出来了？

终于来了！这一场躲不过的交锋。

两拨人马各自下山，在谷底会合。

乱石丛生，沟涧险峻，越往深处走，光线越发昏暗，寒气凛冽逼人。越过一段狭窄的缝隙，终于来到一片开阔处。

隔着一水潭，"黑猪"就坐在水潭对面的峭壁之上，居高临下地看着我们，那只狼蹲在他的身边。

成坤仰望着对面的"黑猪"，再次爆发出剧烈的咳嗽，应该是仇人相见，分外眼红吧。他用手拍打着胸口，极力使自己平静下来。

"你还没死！"络腮胡男人盯着成坤，冷冷说道。

"会的，我会的。"

"你为什么不去死？"络腮胡男人静坐不动，却满含杀机。

"志——远……"成坤叫出这个名字，他声音颤抖，含着某种奇怪的哀伤。

志远，难道是"黑猪"的名字？

"闭嘴！老贼！"

"你恨我，我知道。"成坤不只声音颤抖，连身体也在抖动。

"我恨不得，杀死你。"

"这么多年，你……就不能放下吗？"如果不是随从搀住他，成坤几乎瘫倒在地。

"不能！绝不能！"

"我……我也恨你！"成坤吸一口气，突然咬牙切齿。

"你？你有什么脸恨？你这个畜生，你应该被千刀万剐，天打雷劈。"

"我恨你拿不起，放不下。恨你不是个男人。你不是我的儿子。逆子！废物！"成坤攥起拳头，声嘶力竭地喊道。

哈哈哈，"黑猪"爆发出一阵狂笑，震得峭壁上的碎石砰砰滚落："老贼，你失望了？死心了？好，这是我对你最好的报复。"

"你那么恨我，干脆亲手杀了我。"

"钝刀子割肉，更痛快！我要让你绝望而死。"

……我看着这两个奇怪的人，内心刮起飓风。"黑猪"，不，这个叫志远的男人竟然是成坤的儿子。那么，他们为什么互相仇恨？我又为什么会被牵扯进来？

我下意识地看着身边的桂花，她脸色苍白，直愣愣地看着说话的父子俩。不知何时，我们的手竟然握在一起，我感觉她粗糙的手心里满满都是冷汗。

我使劲握了握她的手，她回应地看了我一眼，眼神脆弱。

"喂，你们到底是什么人？为什么把我卷进你们的恩怨？"我冲石崖上的"黑猪"喊道。

"刘方正！因为你是刘方正！"男人一字一顿说道。

这真是奇怪的理由。"'黑猪'，你到底是谁？你想干什么？"

"黑猪？没错，哈哈，我脸黑，心更黑。"他突然低下头看着眼前的那个水潭，少顷，向我招招手，说："刘方正，你过来，我全都告诉你。"

我犹豫了一下，向那个水潭走去。

桂花跟过来，她无声地拉了我一把。

"越过这个水潭，到我这边来。你将知道所有的秘密！""黑猪"继续蛊惑道。

我探身看了看水潭，水位很浅，水底的石头和水草清晰可见。搭着泉边的石头，应该很快就能到达"黑猪"所在的位置。

"桂花，你在这里等我。"我说道。

桂花没有回答，她只是蹲下身挽起裤腿，这个傻丫头，关键时刻总是选择和我在一起。

我和桂花手拉手下入潭中，水深及膝，并没有什么危险，只是潭水冰冷刺骨，寒气直入骨髓。而水底那些石头，滑不留脚，如同踩在肥皂上，令我们举步维艰。突然桂花脚底一滑，向水中栽去。

我急忙去拉她，她沉重的身子连我一起带倒，俩人跌翻在水中。我们胡乱扑腾着，企图互相搀扶，却彼此拖累着，谁也无法重新站稳。

更诡异的是，就在此时，我发现潭中的水忽然多了起来，似乎是在瞬间，从潭边隐蔽的缝隙中，有湍急的水流奔涌而出。

我和桂花惊声尖叫，缝隙中有更多的泉眼被冲开，汹涌的水流从四处泻入水潭，激起水浪翻滚。我在水中载沉载浮，被呛了几口水后，大脑一片混沌，恍惚间，听到成坤嘶哑的笑声。

突然有一东西重重戳了我一下，有人大喝一声："抓住！"

我定睛一看，不知何时"黑猪"下到水中，他把一根粗壮的木棍伸到我面前，我立刻一把攥住木棍。就在此时，我看到一团黑色的东西在眼前的水涡中盘旋，我本能地一把抓住，果然是即将没顶的桂花。

桂花被我揪出水面的那一刻，猛然张嘴大口喘息，我浮在漩涡中，一手抓住救命的木棍，另一只手抓住惊魂未定的桂花。

"黑猪"拖着我和桂花爬向潭边，借助他的帮助，我和桂花终于攀住了潭边的石头，我率先向岸上爬去。

突然，成坤和他的三个随从冲上来，企图把我推下水潭。

我与他们缠斗着，正心力交瘁时，那只狼冲上前来，发出长长一声嚎叫，把他们逼退。

借助"黑猪"的搭救，我和桂花终于爬上岸来，湿淋淋地倒在岸边。一时间，魂魄俱散。

不远处，那三个随从战战兢兢地缩在一边，旁边站着那条狼，正对他们眈眈而视。

"黑猪"也爬了上来，他在我和桂花之间踱步，似乎不知该拿我俩怎么办。

我猛地翻身坐起来，一把抱住他的腿，问道："你想杀死我？"

"是！"他顿了一下，低声回答。

"为什么？"

"你和我，只能活一个。"

"为什么又要救我？"我仍然抱住他的腿。

"唉！你是无辜的。"他长叹一声。

"杀死他！志远，一了百了！"成坤凑上前来。

"黑猪"抬脚踹开我，快步离开。

我挣扎着坐起来，桂花也爬了起来，我们俩紧紧地靠在一起。

"志远，杀了他，你才能活。"成坤冲男人的背影大声喊道。

"黑猪"停下了脚步，猛地转过身看着成坤，突然，他抓起地上阿龙的大包裹扔进水潭。

此刻的水潭，如同被幽灵附体，潭水卷起巨大的漩涡，那包裹被旋进去，转眼不见了踪影。

我和桂花目瞪口呆，吓得浑身颤抖。

"黑猪"盯着我，冷冷说道："刘方正，你也可以，瞬间消失。"

我不敢说话，唯恐再次激怒他。

"黑猪"面无表情地说道："我熟悉大山，胜过熟悉任何人类。这水潭，看似平静，却是怪物沉睡。只要有人闯入，它就会被惊醒，被激怒，水位迅速上涨，没有人可以逃脱。我亲眼见过它吞没过山羊、野猪、枯树。你俩，也会被吞没，然后被暗流吸走，冲入地下河。”

我轻轻呼出一口气，感觉紧贴着我的桂花颤抖了一下。

“没有人会发现这件事，你们俩，将死得无声无息。”

我和桂花紧紧靠在一起，寒冷、惊恐，我听见她的牙齿咯咯作响。

“志远，杀了他，斩草除根。”成坤奔上前来使劲摇晃着“黑猪”的肩膀。

“黑猪”推开他，恶狠狠地：“闭嘴！老贼。”

成坤摇摇晃晃地再次扑上来。“人不为己，天诛地灭。”

“黑猪”愤怒地抓住成坤，将他拖向水潭，怒目相向：“你想死，是吗？”

“啊……志远。”

“你这罪恶的人，去死吧。”

“不，不……”成坤挣扎着。

“老贼！你应该为我妈去偿命。”他咬牙切齿。

成坤挣扎着，涕泗滂沱：“孩子，我的孩子……”他哀泣着。

“那就一起死吧。我们……都是罪人。”“黑猪”抓住成坤，一副慷慨赴死的决绝。成坤拼命挣扎，不肯就范，两人在潭边撕扯。

呜……不远处传来一声低沉的悲鸣。

那只狼焦躁地用前爪扒着地面，发出阵阵呜咽。

“黑猪”看着那狼，愣着。那狼突然一跃而起，冲过来，它扑向“黑猪”，咬住他的衣服向后拖去，似乎要把他拖到安全地带。

“黑猪”一怔，松开了成坤，他颓然跪在地上，双手紧紧抱住那条狼。

我看不清"黑猪"的脸。他的脸埋在狼的脖子上。

那天晚上，我们露宿山中。

是"黑猪"找的地方，就在谷底一陡峭的石崖下面。

那石崖鬼斧神工、陡峭凛冽，犹如地狱中群魔蛰伏。砰！砰！不时有奇怪的声音传来，由远而近，不可揣摩，似乎是地狱的大门正被拍响。

我心生畏惧，看着石崖不远处的开阔处。那是一片平坦的沟谷，既无峭壁压顶，又能看见天上的星星，更重要的是，我对那群诡异的家伙十分戒备，万一半夜他们图谋害我，逃跑也更方便些。于是，我拉着桂花悄悄挪到那里。

我俩刚刚安顿下来，"黑猪"便蹿过来，一顿臭骂，喝令我俩滚回去。

桂花悄悄扯扯我的衣服，乖乖地回去了。

我的犟脾气上来了，待在原地不动，冷冷地盯着他，难道他不应该对所有的这一切作出解释吗？

我俩正僵持着，就听见一阵轰隆隆的声音由远而近，如闷雷滚滚而来。"黑猪"大喝一声"跑"。他抓住我，撒腿飞奔。

空中有石子沙尘纷纷落下，紧接着，一巨石从天而降轰隆一声砸在我刚才站立的地方，地面猛然一震，天地战栗，我双膝一软，几乎跌倒。

"黑猪"裹挟着我蹿回石崖下，将我扔在地上。

我呆坐，看着巨石跌落处，烟尘滚滚。如果不是"黑猪"，我肯定已被砸成肉饼。

我终于明白"黑猪"的用心，原来先前听到砰砰的声响，都是山上的滚石与落木所为，而这石崖看似险峻，却如屋檐悬在半空，能抵挡各种危险。

可是，我内心的疑惑越发重了。这个叫"黑猪"的人——我的同伙，他为什么既想杀死我？又要冒险来救我？

三拨人马乖乖留在石崖下，各自为营，保持着不远不近的距离。

成坤躲在睡袋中，周围或躺或坐着他的三个随从，短暂的辗转后，他们已沉沉睡去。

我和桂花并肩靠在一大石头上，她蜷成一团儿抱臂而眠，偶尔在梦中抽泣两声。

唯有"黑猪"大剌剌睡在地中间，他仰面朝天摊成一个大字，心无旁骛、鼾声悠长。他的那条狼，不知道去了哪里。

更深露重，万籁俱寂。

我竭力与睡眠抗争，保持警惕，思考着近几天发生的这些事情，虽然一团乱麻，我却强烈预感到：我离真相越来越近了。

后来，我终是斗不过倦意，被拖向混沌的梦境，我就要睡过去了，却在这时，猛地被惊醒了。

窸窸窣窣一阵轻微的细响，有人起来了。

是"黑猪"。

他坐起来，四处扫视一番，站起来，向石崖外走去。

我爬起来，游魂一般跟了出去。

拉小提琴的淑女

"黑猪"的身影时隐时现。

他走出石崖，穿过谷底，越过一道浅溪，攀上一片山坡。

皎洁的月亮地里，万物笼罩在迷幻中，梦非梦，花非花，心非心，境非境，他朦胧的幻影，散发致命的诱惑。

我如同被魔咒驱使，亦步亦趋地跟随在他的身后。其间，我发出各种声响，他置若罔闻，直到我跌倒在地，狼狈地惊叫，他才停下脚步，幽幽问道："你要跟到什么时候？"

"……你要去哪里？"

他一说话，梦境终于退了，我清醒过来。

"随便走走。"

"你是想逃走吗？"

"逃不掉的。"

他在一片草坡上坐下，望着远处，陷入长久的沉默。

我走过去，坐在他身边。

夜空，繁星闪烁。

世间，众神静默。

而我和"黑猪"，醒着。

他掏出烟点上，给我也点了一支。我们坐在草棵子里，默默地吸着烟，看着远处。

许久后，他终于开口了。当他开始说话时，有一部电影拉开了序幕。这是一部残酷的成长电影，有希区柯克的悬疑与惊悚，混杂着昆汀的血腥与暴力。

沉缓的男声独白，镜头在雨雾中晃动：

小院，细雨，泥泞，破损的洋娃娃，翻倒的花盆，连根拔出的绿植，一只受伤的麻雀扑腾着身子，踉跄而行。矮屋，破窗，碎玻璃上映出一张脸。

是个孩子，四五岁，尖削的小脸，惊恐的大眼睛。他正伸出舌头舔着玻璃。

玻璃上有水流汩汩而下，孩子伸出小手，试图把水聚到嘴里。可是，水流在玻璃外面流淌，而孩子，在玻璃里面舔食。

呈发散状碎裂的窗玻璃，将孩子的脸分隔得七零八落。

那孩子努力了好多次，都没有如愿。他惊慌地哭喊起来，却并没有发出声音，他无声地哭着，喊着，竭力抹着玻璃上滑过的雨珠。

他是个哑巴吗？

并不，他只是哭的时间太长，哭哑了嗓子而已。

他为什么想吃这些雨水？

因为饿。他已经三天三夜没有吃东西了。

那么，这个孩子为什么独自待在这里？他没有亲人吗？亲人为什么不照顾他？就像爱每一位小天使那样，把他当成手心里的宝贝儿。

说到亲人，他是有的。

他有妈妈。但是现在，他的妈妈把自己挂在了房梁上，用一根粗壮的绳子。

那是三天前的事情了。

这个孩子不知道妈妈为什么这样做，他只知道在此之前的很长时间，妈妈总是把他抱在怀里哭，哭得他全身湿漉漉的，长满了青苔。

后来妈妈再也不抱他了，她经常一个人自言自语，说说笑笑，有时候她会拿一把剪刀戳自己的胳膊，看着血流从胳膊上汩汩流下，她笑得浑身颤抖。

他好像也没有爸爸。虽然曾经妈妈经常告诉他：爸爸马上就来看我们了，可是爸爸从未出现过，甚至在仅有的一张合影中，也只有他和妈妈两个人。照片中，小小的他还穿着纸尿裤，被妈妈紧紧搂在怀里。

可是，现在妈妈不管他了，妈妈把自己挂在了那条绳子上，很久都不下来。

就算晚上睡觉的时候，都不。

一定是因为自己闯祸了，惹妈妈生气了，她才会这样吧？

那孩子急得大哭大叫，哭得嗓子都哑了，一次又一次背过气去，妈妈都不肯再理他。

他很饿，也很怕，可是，除了哭，这个孩子没有任何其他办法。

他哭累了，就沉沉睡去，饿醒了，就继续哭。

这个饥渴交加的孩子，找不到吃的，就去喝马桶里的水，三个漫长的白天与黑夜，他就是这样度过的。

有好多次，他都以为妈妈要从那条绳子上下来了。当风从屋顶的缝隙刮进来时，妈妈就在绳子上悠悠地转动，像一件晾在半空的衣服。

可是，风一停，妈妈也慢慢停下，她又不肯动了。

那个孩子希望妈妈赶紧下来，晚上睡觉的时候，把他紧紧地抱在怀里，哪怕她把湿漉漉的眼泪流得他满脸都是，也是好的。

他踮起脚尖，去够妈妈，刚刚能够到她的脚后跟。他记得以前妈妈生气时，他就会顽皮地去啃妈妈的手，啃她的脸，也啃她的脚，她就会被逗笑，母子俩嬉闹着滚作一团。

于是，这个孩子张嘴去啃妈妈的脚，妈妈不笑。他使劲地啃，妈妈还是不笑。孩子急了，他把妈妈的脚后跟啃破了一大片。

可是，妈妈仍然无动于衷，她再也不跟他笑了。

这个孩子仰脸哭着，透过朦胧的泪眼，他看见墙角一个巨大的蜘蛛网，网上有一只蜘蛛在慢慢地爬来爬去。

孩子觉得妈妈也像蜘蛛，也想在半空织一张网，可是妈妈的网还没织完，她就放弃了。

……

几天后，是邻居把这个濒临虚脱的孩子从小屋里解救出来。

从此，他的妈妈就消失了，不知道去了哪里。

然后，姥爷和姥姥出现了。他们把这个孩子带回家，像收养一只被主人遗弃的病猫。他们从不敢看这只病猫的眼睛，也尽力避免触碰他的身体，偶尔不慎碰到，则迅速弹开，好像他有毒。

姥爷和姥姥的家里，有很多书。那三面墙壁，从上到下都是大柜子，里面装着满满的书。他们两人都戴着金丝边眼镜，把腰杆挺得笔直。他们很少说话，跟这孩子也不说话，他们整天关在自己的房间里，看永远都看不完的书。

这个家里总是很安静，每个人都尽量不发出声音，走路时蹑手蹑脚，咳嗽时用手掩住嘴，吃饭时无声地咀嚼。

然而，有一天，这个家里却发出了轰然巨响。原来是姥爷踩着凳子找一本书时扳倒了书柜，那些书像砖头一样砸下来，把姥爷砸死了。

于是，就剩下了姥姥和这个孩子。姥姥还是戴着金丝边眼镜，在人前，她还是把腰杆挺得笔直，但是关起门来，她经常会把所有的书都推翻在地上，而她就坐在书堆里哭，用厚毛巾堵住嘴。

而那个孩子，总是躲在角落里悄悄看着这一切，从不靠近。

有时候，姥姥哭累了，就在书堆里睡着了。当她睡醒后，再把那些书重新搁回书架上，慢慢地摆，一本，又一本，摆得整整齐齐。

那个孩子长到七八岁时，他该上小学了。这时，有一个男人出现了。

这个男人站在姥姥家门口，不慌不忙地敲门，热情洋溢地跟经过楼道的邻居打着招呼。

姥姥并不欢迎这个男人，可是她更不喜欢这个男人跟邻居打招呼，所以她不得不打开门。

那个男人大刺刺地进来，像回到自己家一样无所顾忌。他在屋里四处走动，把雪白的地砖踏出无数黑色的脚印。他大声咳嗽，把唾沫和痰直接吐在羊毛地毯上。他还弯起手指弹了弹镜框里沉默的姥爷，吹了一声口哨。而后，他从角落里拽出那个孩子，逼着他叫爸爸。

那孩子吓得瑟瑟发抖，他像受惊的老鼠在那男人的胳膊上咬了一口，趁他一松手的时候，逃回了房间，锁上门，再也没敢出来。

后来，那男人又来了一趟，把男孩带走了。

于是，就这样，那个男孩有了一个新家。

在这个家里，有那个自称爸爸的男人，一个小女孩，和一个妈妈。但是这个爸爸和妈妈跟男孩没关系，他经常被那男人打，也被女人打，或者被他们一起打。有时候有原因，有时候没有。

打完之后，男孩会被关进小黑屋里，反省。尽管很多时候，他都反省不出自己到底犯了什么错。

小黑屋没有窗户，也没有灯，只有很多废弃的旧物。当唯一的那扇门被关上后，男孩和那些废弃物一起，陷入死一般的寂静。

起先，男孩总是很害怕，那些废弃物看起来像潜伏的僵尸，随时会扑向他。可是他不敢哭出声，因为小黑屋外面的活人，比僵尸更可怕。他死死咬住嘴唇，任泪水从脸上奔淌而过，像溪流。

后来，他就不害怕了。每当挨过打之后，他就乖乖地主动走进小黑屋，听着外面的铁锁啪嗒一声扣死，他长长舒出一口气，整个人都放松下来。

在黑暗中，他轻轻抚摸那些废弃的旧物，跟它们说话，就像亲密无间的朋友。

男孩躺在黑暗中，如此安全，如此熨帖。有时候，他会恍惚看见妈妈，妈妈冲他笑，对他说着什么，可是，他从不能看清妈妈的脸。

他很想问问，妈妈，你去哪儿了？过得好吗？你去的地方冷不冷？会不会饿肚子？你一个人，会不会害怕？可是，他什么都没来得及问，妈妈就飘走了。

他拼命地追上去，想拉住妈妈的手，想让她带他走，无论妈妈去哪里，都带他一起去吧……

那个孩子躺在黑暗中，面带微笑，静静地想着妈妈。他喜欢这样的黑暗，可以离妈妈近一点。

虽然妈妈从未回来过，可是蜘蛛回来了，就在墙角。

那蜘蛛织了一张网，把自己挂在上面，慢慢地爬来爬去，就像妈妈死的那天一样。

他喜欢蜘蛛，蜘蛛能带他回到过去，找到妈妈。

……

对男孩来说，最慢的是长大，但终究还是大了。

在他十五六岁时，从各种渠道，他陆续知道了妈妈和那个男人的故事。

他的妈妈出生于世代书香门第，22 岁时，她大学毕业，在艺术馆上班。琴棋书画，样样精通。而且容颜俊秀，端庄优雅，气质宛若空谷幽兰。这是两位大学教授成功打造出来的一位淑女。

有一天，这位淑女站在自家窗前拉小提琴。是门德尔松的《春之歌》。

琴声在大学校园的一隅飘荡，在黄桷树的树梢上，在白玉兰的花瓣里，也在云雀的翅膀间。当然，也飘进了楼下行人的耳朵里。

在楼下的马路边上，有一对小青年正坐在路牙子上抽烟。他们是两个小混混，开拖拉机拉砖头的，连续几天，他们都在给学校操场送砖头。

这俩小混混一起歪头向上瞅，就看见了站在窗边拉琴的淑女。

混混甲说："听听，人家拉的是什么。咱拉的是什么。"

混混乙说："你信不信，我能把她追到手。"

混混甲哈哈大笑，把自己呛得一阵咳嗽。

当然不信！打死都不信！

不但那混混甲不信，他们所有的朋友都不信。

于是他们决定赌一把。一边是混混乙独自一人，另一边则是他砖瓦厂的上百号工友。如果混混乙输了，请所有人涮一顿火锅，如果工友们输了，每人给混混乙一块钱。

所有的工友都在等着吃火锅，他们知道必赢无疑。那位淑女，高不可攀，头发梢都闪烁着耀眼的光芒。就连大学里那些品学兼优的学霸也只敢远远地望着她的倩影，况且一个小瘪三。

但是，他们都错了。

小瘪三什么都没有。可是，他有一颗浪荡的心，还有一张厚脸皮。

他也知道有难度，就像往坚硬的墙上敲一枚钉子，一开始总是很难。但是要锲而不舍地敲，要耐心细致地敲，一个地方不行，换个地方，再敲。就算再硬的墙皮，总有薄弱的地方，会崩开一点点皮。

一点点就够了。

顺着这个破绽，敲下去，使劲敲下去，最后，赢的一定是钉子。

于是，在淑女出现的每一个地方，都有了他挺拔干净的身影。

当她抱着书经过校园小径时，他会站在路边为她深情歌唱：

西波涅！你像朝霞一样美丽。西波涅！小夜莺在那月夜歌唱你呀西波涅。你的嘴唇甜甜蜜蜜，像一朵玫瑰花，引蜜蜂来采她。西波涅！我的幸福就是你呀西波涅……没有你的爱情我就会死去……

当她上完钢琴课，要离开教室时，他会突然出现，献上一大束野外采摘的白色雏菊花。

当她抱怨夏日的太阳晒疼了脸时，他擎一把伞为她送来阴凉……

从清晨，到日暮，他总是刚好出现在她身边。送一片银杏树的叶子，送一枚红色的发夹，送一条七彩的丝巾。她从原来的尴尬、抗拒，到无奈，再到好奇，再到一天不见如隔三秋。

就这样，这个淑女恋爱了。

他拉着她光脚在暴雨中疯跑，在成熟的金色麦浪里打滚，也带着她在夜晚的郊外游荡，当月亮在云朵中穿行时，他把她扑倒在地，在金盏菊的花丛中占有了她。

就这样，小男孩的妈妈成为一场赌局的战利品，为他爸爸赢了一百多块钱。

这是一笔巨款，那些毛毛角角的票子堆在桌上，像一座巍峨的小山。

小混混成功了！

他不但把拉小提琴的淑女追到手了，还让她怀孕了。但是他并不想娶她。就算她能吟诗作画，又有什么用呢？她连一碗肥肠面都不会做。

他还是喜欢一起搬砖头的杨五妹，白白胖胖，走路时，故意把肥屁股扭来扭去，看得人眼里直冒火星儿。况且人家杨五妹多能干呀，家里家外一把手，她会熏腊肉，腌泡菜，做红油小面，还能下地插秧，挖莲藕。

小混混觉得可以了，该拔下墙上的那枚钉子了。

于是他劝淑女回到父母身边，跪下来，请求他们的原谅。他胸有成竹地告诉淑女，世上没有哪对父母真的会跟儿女断绝往来。

据说，会拉小提琴的人都是倔强的。这位会拉小提琴的淑女就很倔强，她没有回到父母身边，她也没有哀求小混混，她独自在一间小屋住下来，生下了一个小男孩。她以为那个男人会回来，一定会的。

但是，她错了。

那个男人一次都没有回来过，她苦苦等了四年，再也等不下去，于是把自己吊在了空中。

就这样，小男孩成为一场赌局的赠送品。就像买一只西瓜，送了一个苹果，带着腐烂的虫眼。

……

这是一个悲伤的故事。

所幸，故事终于讲完了。

他长长叹了一口气，缓缓说道："那个男孩，就是我。"

"……那成坤……"我小心翼翼地问道。

"对，他就是那个打赌的小混混。"

"……恨他吗？"

"恨！是仇恨支撑我活到现在。"

"……我能理解你。"

"你不理解！我恨他。可是，我却由他而生，从他而来。"他激愤。

嗯，好吧，我承认，我不能理解这混乱的人生，不能快意恩仇，也不能杀伐决断，亲人是他的仇人，仇人，却给了他生命。

而他，也许流干所有眼泪之后，心死了，魂也散了，但是破碎的身体却还活着，就算他缝缝补补，也仍是伤痕累累。

我不知道该如何安慰他。

况且，安慰何用！

"那么，后来呢？"我轻声问道。

"都过去了。是该清算的时候了。"他口气淡漠，继而陷入长久的沉默。

他坐在我身边，就像一座沦陷的孤岛。

很显然，关于成年后的这一部分，"黑猪"在刻意回避，就像电影的快闪镜头，他含糊带过。也许，在这一阶段，发生了某些他更加无法面对的事情吧。

天将破晓，晨光熹微。

我默默地看着他，那张悲伤的脸，竟然有一些似曾相识。

是孤独！

他是孤独的。我也是孤独的。无处倾诉的巨大孤独将我们重重包围。

在我的内心，有暗流开始慢慢涌动。我不得不用双手紧紧捧住我的脸，如果不使劲捧住，我一定会哭出来。

恍惚中，我竟然觉得他就是满娃子，那个总是和我一起坐在黑暗中的满娃子。我熟悉他，他也熟悉我。

我们都是善于伪装的孩子，在人前微笑，故作坚强，却在雨中放肆哭泣，只因为雨水遮掩了泪水，不会暴露我们的脆弱与卑微。

"'黑猪'，我不恨你了。"我喃喃说道。

……

"不管你曾经做过什么，我都不恨你了。"

"你会恨的。"他仍然淡淡的。

"不会了，'黑猪'，就算你骗我上山，要合伙诈骗你父亲200万。我也原谅你了。"

"啊？你在说什么？"他一脸诧异。

“别装了，‘黑猪’。”我拍拍他的肩膀，“你父亲不是好人，他欠你的。你直接开口，他会给你一大笔钱补偿。你何必把我拉进来搅这浑水。”

“我不是‘黑猪’，我发誓！”他叫起来。

“什么？那……‘黑猪’是谁？”我大吃一惊。

“啪嗒”，就在这时，身后传来一声轻响，似乎是树枝被折断的声音。

我猛地回头望过去，就见远处的草丛一阵晃动，有个模糊的身影快速离开。

有人偷听！

“是谁？”我站起来想追过去，被他一把按住。

我俩一起看着那片摇动的草丛，当一切重归寂静，我把事情的经过全都告诉了他。

他面无表情地听完，合上眼睛，长长吸了一口气，沉声说道：“来了，终于来了。”

我不知道他是什么意思，他似乎也不想解释。

“走吧，刘方正，是时候说出真相了。”他站起来，转身就走。

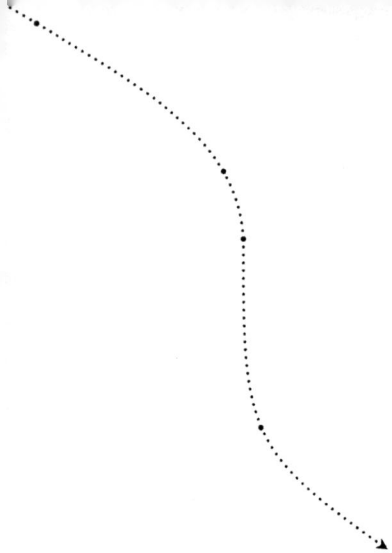

代号 S

我和"黑猪"回到了昨晚停留的石崖下面。

不,他说了,他不是"黑猪",那么还是叫他的名字吧——志远。

天,似乎一下子就亮了。

石崖下面,成坤正闭目盘腿打坐,双手合掌于胸前,跟我第一次见他时无异。那时,我以为他是得道高人。现在,我知道他的心中住着魔鬼。

其他的人,不知道都去了哪里,桂花也不见了。

"桂花呢?"我焦急地四处打量。看见她从不离身的碎花布包躺在地上,看起来有些突兀。

"她去拾柴火了,煮点东西吃。"成坤闭目说道。

我半信半疑,拾起桂花的花布包,跟我的背包放到一起。

成坤突然睁开眼睛,看看我,又看看他儿子,莫名其妙地笑了。"志远,我以为你把他干掉了。"

"你就不怕报应!"志远怒视他。

"不怕!反正最后都要死。"他轻描淡写。

志远转向我,错开我的目光,低声说道:"刘方正,我等了你十年。每一天，我都在想象这一刻，说出事实真相。今天，我们三人同面……"

啪、啪、啪，成坤突然使劲拍了拍手掌，就听得不远处的巨石后面一阵乱响，随即，就见阿龙推着桂花出来。一条绳索勒紧了她的脖子，在胸前交叉后，把她的两只胳膊绑到了背后，连嘴巴也被毛巾堵住了。

两个随从也闪身出来。

我呆呆地看着这一切，一时间没有反应过来到底发生了什么事。

"你……真是不可救药！"志远指着成坤骂道。

我冲向桂花，想解救她，却见一把明晃晃的短刀压在她的喉咙上，阿龙持刀冲我示意一下，冷笑。

桂花死死地盯着我，一双大眼睛忍泪含悲，她冲我缓缓摇了摇头。

我不敢贸然上前，定在原地。

"守住你的秘密，志远，不要告诉任何人。"成坤说道。

"如果我不呢？"

"那我就让他俩，消——失！"成坤面无表情，声音阴冷。

"老贼！我真该送你下地狱。"

"不急，我自己会去。"成坤走到志远身边，拍拍他的肩膀。

志远恼怒地甩开他，喝道："老贼！你想干什么？你明知我不是'黑猪'，还骗刘方正带你上山。"志远质问道。

"我只想找到你。志远，跟我下山吧，你要重新开始生活。"

"不可能！"志远紧紧皱起眉头，语气不容置疑。

"只要你下山，过去的一切，我都会帮你抹平。你将会是社会名流、青年才俊，人人仰慕的人生大赢家。财富、地位、豪宅、香车美女，世人梦想的一切，你都将拥有。只要你愿意，你还可以去做慈善，帮助那些贱民……"

"闭嘴！你死了这条心。"志远打断他。

"难道你想一辈子在深山老林里游荡？一辈子缩在洞穴里做个野人？没出息的东西，你知道有多少人在算计我的财产，又有多少人希望我早死，你竟然，对我的财产毫不动心？"

"我奉劝你，死后全部捐出去。也许能减轻你的罪恶。"志远长长呼出一口气。

"哼哼，我呕心沥血得到这一切，不惜众叛亲离。你，竟然让我还回去，休想！"

"不义之财！招灾惹祸！"

"尿包！懦夫！我决不会把世界让给那些贱民、蠢货。虽然你也蠢，但我会教你。因为你是我的亲人，我的儿子。"

趁着他们父子互相攻击的时机，我悄悄向桂花靠近，途中将一石块抓在手里。桂花发现了我的举动，她神情紧张，瞪大眼睛看着我，眼中有泪光闪烁。

"你不是我的亲人，从我妈妈死的那一刻，你就是我的仇人。"志远咬牙切齿说道。

"你妈妈？那个蠢女人。这不能怪我，是她自己固执、死脑筋。命运掌握在自己的手里，她却偏偏相信别人，蠢不可及！"

"你没有资格谈我妈妈，闭嘴！"

成坤点头："好，我只谈你。为了你，孩子，我愿意下地狱。"他直愣愣地盯着他的儿子，那邪恶的眼睛里，竟然有无限的柔情。

"放了她，别再作恶。"志远指着桂花。

"你要知道，我的孩子，这些贱人，来到这个世界的使命就是为了成全我们。"成坤一指我和桂花，口气里充满蔑视。"他们，贱得像蚂蚁和野草。"

"你……就是一条疯狗！"

"哈哈，其实你也想干掉刘方正，为什么昨天不把他淹死在水潭里？"成坤逼问道。

"我可以干掉刘方正，让他从这个世界消失。可是！我做过的事，不会消失，它会变成疯狗，永远追在我的身后，随时把我撕成碎片。"志远转过身来，定定地看着我。

而此时，我已经冲到桂花身边，我举起手中的石头对着阿龙的脑袋砸下去，他啊的一声，身子摇晃了一下。我顺势又砸了一石头，他扑通一声栽倒在地。

我拉着桂花就跑，她被捆住胳膊，刚跑两步，就摔倒在地。我试图拽起她，却被成坤的随从冲上来死死按住，我拼命挣扎，仍然不能挣脱。

我趴在地上，被按成嘴啃泥状，不甘心地喊道："老贼！咱俩有恩报恩，有仇报仇，你放了她。"

志远跑过去查看受伤倒地的阿龙，高声喊道："住手！都住手！"

桂花挣扎着，冲成坤呜呜呜着，也不知道她什么意思。

成坤上前，一把扯掉她嘴里的毛巾，桂花大口大口喘息着。

"你想说什么呢？姑娘，你害怕了？"成坤语气温柔。

"放……放了我吧……"桂花低声哀求。

"你和他，必须一起死。"成坤微笑道。

"你放了她，她是无辜的。我留下来，我保证不跑。"我冲成坤喊道。

"这是她的命，孩子。"

"老贼，你作恶多端，你就等着车裂、鞭尸、下油锅……"我气急败坏地骂道。

成坤呵呵笑起来，看看我，又看看桂花，轻描淡写地说："我平生最喜欢游戏人生，要不，咱们玩一场吧。"

我和桂花迅速对视一眼，不知道这老贼又要玩什么诡计。

"我只能放一个人。"成坤眯起眼睛，冷冷说道。

桂花盯了我一眼，她的眼神复杂、慌乱。

"你俩可以选择自己活，也可以选择让对方活，得到两次机会的人，我就放了他。哈哈，这游戏，好玩吧？"

我咬咬牙，深吸一口气："……我选择，放她走。其他的，冲我来。"

桂花紧紧咬着嘴唇不说话。

成坤饶有兴致地点点头："好，你呢，姑娘，选择你活？还是他活？"

我期待地看着她，她是我值得信赖的伙伴。

"说吧，唯一的机会。"成坤温柔地说道。

桂花不看我，她把脸转向一边，淡漠地说："我……选我自己。这事跟我没关系。"

我一愣，难以置信地盯着桂花，瞬间，有一丝悔恨涌上心头。

"好戏呀，大难来时各自飞。好戏！精彩！"成坤轻轻鼓掌。

桂花转向我，她扫了我一眼，低声说："你，别怪我，我就是个带路的。"

成坤哑声笑起来："呵呵呵，小子，你终于明白了吧，这就是个人吃人的世界呀。你只有比别人狠，你才能赢！"

我沉默着，无语。女人，到底是靠不住的。

成坤转向桂花，缓缓说道："好姑娘！你们都是好姑娘，闻到钱味，就变成了豺狼。遇到危险，就插翅膀飞走。"

"大叔，我什么都不说，你放我走吧。"桂花哀求着。

"我最喜欢看狗咬狗，这世上，没有真情。"

"大叔，求求你了。"桂花轻声哽咽着。

"很好，滚吧！"成坤轻轻一挥手。

一随从解开桂花胳膊上的绳索。她抹抹泪，鞠一躬，低声说道："谢谢大叔。"桂花轻轻活动着手腕，匆匆拾起地上她那个花布背包。

桂花拿着她的花布包向外走，自始至终，她都不再看我。

我瞪大眼睛盯着她的身影从我面前走过，走过成坤的身边，向石崖外走去。如果我能活着出去，她决绝的背影一定会永远印在我的脑海。

然而，桂花突然拉开布包，她掏出一个东西，转身冲向成坤，对着他的脸噗噗狂喷，一股红雾扑到成坤脸上，他立刻捂住脸，跳脚呼叫起来。

那两个随从冲过去，桂花对着他们继续狂喷，他们跟成坤一样，跳脚尖叫起来。

应该是防狼喷雾。

形势立刻发生根本性逆转，成坤和两个随从鬼哭狼嚎，他们满面通红、泪流满面，一边疯狂咳嗽一边打喷嚏。

我从地上坐起来，哈哈大笑。

桂花手举她的化学武器，像举着一把手枪。她保持前腿弓，后腿蹬的姿势，严阵以待三个苟延残喘的敌人。

哈哈！社会我花姐，人狠话不多！干就对了。

桂花，好样的！

局势瞬间扭转，成坤大受刺激，他猛地咳嗽起来，像一片风雨中战栗的树叶。突然，他张开嘴喷出一大口鲜血，接着，又是一口，鲜红的血把他胸前衣服染红了一大片。

两个随从涕泗横流，挣扎着上前扶住成坤。他的身子晃了晃，软软地倒在一人身上，晕死过去。

那随从失声大叫："成总！成总！快救命啊！"

志远惊讶地问道："他怎么啦？"

"肺癌。晚期。"此时，正靠坐在石头上的阿龙喘息着说道。这家伙看起来应该没有大碍，还好，我没有一失手打死他。

"他……要死了？"志远一脸诧异。

"嗯，最多三个月。"阿龙闭着眼睛回答。

"……真要死了？！"志远喃喃着，他站起来，走上前去。他看着不省人事的成坤，茫然地笑了一下，随即，脸上卷过一丝复杂的表情。不知道是高兴，还是伤感。

由于成坤突发意外昏迷，阿龙又被我打伤，我们决定立刻下山。

志远背起昏迷不醒的成坤，率先而行。其他人，紧跟其后。

志远熟悉山中的地形，他带领我们抄近路下山。

一行人越过一片谷底，走在一片狭隘的石缝中。起先还能容两人通过，越走缝隙越狭隘，光线也越发暗了。

起先，我和桂花并排走着，后来缝隙越来越窄，我侧着身子，才能勉强挤过去。

我抬头看天，只见巨大的奇石高有万丈，从我身体两侧拔地而起，直指苍天。而苍天，只剩窄窄的一道裂缝，高悬在我的头顶，如幽蓝的一道闪电。

桂花说："这就是大裂缝，上可通天，下可通地。"

我摩挲着石壁，心有余悸，万一这道缝隙突然合拢，我们这些人全都会埋进大山的肚子里，如同大象吞下几只蚂蚁。

走了很久，我们终于走出大裂缝，重见了天日。

我拉住成坤的一个随从走在最后，我要从他身上打开缺口，了解事情的真相。

成坤的随从告诉我说，成坤看似凶悍，其实已病入膏肓，肺癌晚期随时会要了他的老命。眼下他全靠世界上最先进的药物支撑着。

成坤知道自己时日无多，于是，半年来，他疯狂地派人在全世界的深山老林中寻找他的儿子。因为他的儿子成志远三年前迷上了洞穴探险。

成志远原本在父亲公司做着高管，作为成坤唯一的儿子，他不需要过多努力，就可以顺利接管几十亿的家业。

几十亿？是真的吗？我惊讶地追问。

成坤的随从很鄙视地瞪我一眼，因为我没吃过猪肉，也就罢了，竟然连猪跑都没见过。

他骄傲地说，成坤可是鼎鼎大名的企业家，他的房地产项目在全国各处落地开花。总而言之，他盖了无数房子，让千千万万的人拥有了一个温暖的家。

温暖的家？

是真的吗？

我让自己打住。温暖还是冰冷，暂且不论。至少，很多人都因为他而拥有了一个家，他做出这么大的贡献，我竟然一点不知道。

当然，重点不在这里。重点是作为嫡出的第二代掌门人成志远有一天突然不辞而别。他没有开车，没有带手机、电脑、银行卡，甚至没有留下只言片语。

这引起集团内部一片恐慌，起先，大家以为他出了意外，或死或伤或被绑架。甚至有电视剧看多了的人推断是志远的继母所为，目的是扫清障碍，保证自己的女儿顺利上位。

正当众说纷纭，成坤亦准备报警时，他发现儿子带走了一样东西：成志远和母亲唯一的合影。于是成坤明白了，成志远是主动出走，并非他人胁迫。

成坤很崩溃，他可以掌控他的事业帝国，却不能掌控他的儿子。他砸下重金，派出私家侦探寻找他的儿子。

起先，毫无音讯。就像一滴水，融于海。一粒尘，融于土。

后来，重赏之下的勇夫经过各种打探与搜索，终于带来了消息：这个富二代迷恋上了洞穴探险。他远离人群和城市。一只背囊，一条绳索，一台相机，开始了行踪不定、以洞穴为家的流浪生活。

他没有手机，没有微信，没有银行卡，也不与人往来，他似乎要与这个世界切断所有联系。

他在世界各地的洞穴中游荡，有洞必探、闻洞必寻、见洞必进，并记录下洞穴中的壮观与璀璨，如洞穴文化、洞内水文、古人类遗迹、洞穴生物等等。

他的这些资料与摄影作品前所未见，十分珍贵。他将其投给德国《地球》与美国《国家地理杂志》等权威杂志，在业内引起巨大轰动。

可是，要找到他却绝非易事，因为他的作品不定期从世界各地寄来，并且他从不公开自己的任何信息，也不收取分文报酬。

德国《地球》杂志的编辑无奈之下给他命名了一个代号"S"。因为在他摄影作品的底部总是会有一只黑色的蜘蛛图案。

没有人知道"S"是什么人？过着怎样的生活？他从哪里来？又将到哪里去？

"S"不在江湖，江湖上，却流传着他的神话。

一位成坤高价雇佣的私家侦探最终锁定了这个神秘的"S"，当他们将《国家地理杂志》上的摄影作品送给成坤看时，成坤立刻认定这正是他儿子的作品，因为那只黑色的蜘蛛，他不止一次在成志远的私人物品上见到过，在他曾经定制的服装、茶杯、领扣和信笺上。

成坤下令追寻者不惜一切代价将儿子带回来。无奈他的儿子神龙见首不见尾，根本没有人能真正靠近他。

三年时间过去了，直到四个月前，私家侦探终于获得可靠消息，成志远回来了。他就藏身在这十二背后的莽莽群山之中，继续探索洞穴的秘密。

成坤获此消息，十分振奋。他希望在临死前，能见到儿子，并说服他继承家业。

无奈，十二背后大大小小的洞穴有上千个，错综复杂、险象环生。成坤派出的搜寻人员在山中苦寻多日，始终不能锁定成志远的确切行踪。更糟糕的是，有一名搜寻者不幸失足摔死，令搜寻工作一度陷入停滞。

正当成坤苦思无计时，懵懵懂懂的我出现了，主动透露了他儿子的行踪，他立刻将计就计，骗我带他亲自上山寻找儿子。

听完成坤随从的一番话，我明白了成坤父子间的恩怨纠葛，却仍然难以揭开心底的谜团。我，一个又穷又屄的草根，跟他们有什么关系呢？

下山的路，曲折多艰险，众人轮流背着成坤下山。

我们抄近路，走捷径，终于在深夜时，赶回双河客栈。

经过一路颠簸，成坤已醒来。他哼哼呀呀着，不知是在呻吟，还是在哭泣。

当我们进入客栈房间，志远要把成坤放在床上时，他突然搂住儿子的脖子不放，嘴里大声呜咽起来。

成志远面无表情地挣脱开，生硬地把他放到床上，成坤像个孩子一样张开双手，号哭道："别走，我的孩子，别走呀……"

成志远怔怔地看着他突然软弱无助的父亲，眉头紧蹙。

"……求求你，孩子，别……扔下我……"成坤涕泗横流地哀求道。

私人医生拿着注射器走上前去，被成坤推开，他哑声嘶喊："让我死，让我死。"

志远长长嘘出一口气，他盯着自己的父亲，放轻了声音："你，打针，我不走。"

"真的？"成坤喜出望外。

成志远不说话，他点点头，走到墙边，席地坐下。

医生赶紧上前给成坤注射，成坤没有再反抗，他直愣愣地看着床对面的儿子，嘴角浮上一丝恍惚的笑。

屋外，星光璀璨，这是一个美好的夜晚。

我和桂花从成坤屋里出来，走在月亮地里。

月亮把我们的身影拉得很长。我看见我的影子，它黑乎乎的一团，紧紧地跟随着我。时而比我大，时而比我小，它没有眼睛，没有鼻子，它跟我一点都不像，但它就是我。

我就是那条影子。

桂花也有一条那样的影子，它跟她也不像，但它就是桂花。

其实，我们每个人，都有一条这样的影子，你根本不认识它，也不了解它，但它就是你本人。

如果说影子是人的魂魄，那么人一定是影子的外壳。它们各行其是，貌合神离，只有在死亡时，它们才达成和解，合二为一，再也不分彼此。

我踩着桂花的影子玩，她也踩着我的影子，两条影子在地上晃动着，打来打去，我明明把她的影子踩到脚下了，倏忽一闪，它却又溜掉了。

"你有朋友吗？"桂花边捕捉我的影子边问。

"当然。"我躲闪着。

"我是说，真正的那种，可以一起哭，一起笑，从不担心被嘲笑，被鄙视。"她再一次踩住我的影子。

"哦，有啊，满娃子……他就是。"我也趁机踩住了她的影子。

想起满娃子，我顿了一下。关于这个话题，满娃子这样说过："能说出口的痛苦，一定都经过改编，真正让我们羞耻的事情，不可能告诉别人！"是的，他还说过"每个人都有秘密，难以启齿"。

我长长吐出一口气，内心一片荒芜。

我和桂花，我们踩着彼此的影子，站住不动，两张脸如此切近，我看见她厚重的刘海儿下，一双大眼睛幽蓝如水，闪烁着诱人的光华。

我伸出双手，轻轻握住她的肩膀。我想说：桂花，我喜欢你。可是说出口的却是："桂花，我给你讲个故事吧。关于我，和我最好的朋友满娃子。"

桂花是个很好的倾听者，我知道。

坐在一棵黄桷树下，我说起了满娃子，那个随时都可能被仙人收走的倒霉鬼。

满娃子自从被雷劈过以后，好像具有了某种特殊的能力，他能预测到一些事情，比如他能看出谁是童子命。

那些天生丽质，行为异于常人的；那些命运多舛，诸事不顺的；那些婚姻分崩离析、屡屡遇人不淑的，还有那些进庙进寺，看见佛经佛像就莫名生病的，这些人，十有八九是童子命。

满娃子还发现童子命的一些重要特征：阴阳眼、失眠、神经质、长期鬼压床等等。最近，他又发现有一种童子命的人，血压很低。有时候低到三四十，也没事，能活。

当然，还要配合其他的情况来分析，比如有这样一段口诀："春秋寅子贵，冬夏卯未辰，金木午卯合，水火酉戌多，土命逢辰巳，童子定不错。"

有一段时间，满娃子高考落榜，没有找到工作，他就坐在街头给人看命。见人就嘀嘀咕咕地念叨一番，结果看出来好几个潜伏在人间的童子童女。

本来，他都想这么干下去了。

不料，某天却被一不信邪的壮汉给暴揍了一顿，门牙都打掉了两颗。他才打消了以此为生的念想。

当我把满娃子的故事讲给桂花听时，她十分震惊，像个小孩子一样，发出阵阵哀叹。"好可怜啊！你一定要对他好一点呀。真的，对他好一点吧。"桂花吸了一下鼻子，声音都有些哽咽了。

她还说如果满娃子有空，请他到她家里做客，她要给他做很多很多好吃的。她会做桂花糕、桂花酒、桂花莲藕、桂花糖、桂花茶、桂花糯米鸡，还有桂花田园小炒……总之，她想给可怜的满娃子做一场桂花宴。

当她说话的时候，空气里暗香浮动，弥漫着桂花的清香、甜蜜与温暖。

我连连点头，替满娃子答应了。

桂花真是个善良的好姑娘，我怎么没有早点认识她呢。也许，正像米娜说的那样，我和桂花很般配，骨子里，我们是一样的人。

如果将来有一天，我和桂花，就像司马相如和卓文君那样，在街边开一家桂花小馆，琴瑟和鸣、当垆卖酒，也没什么不好吧。

我内心一动，突然有个想法，伸手撩开桂花额头的齐刘海儿说："桂花，你该不会也是童子命吧，否则，怎么会那么倒霉呢。"

"啊，我可不能短命，我还要照顾我妈妈呢。"她躲开我，一脸慌乱。

"不一定都短命，很多童子能活到七老八十呢，就是磨难太多了。像我家隔壁的牛娃叔，他就是童子命，父母早亡，终生未娶，一年到头病歪歪的。现在 80 多岁了，隔三岔五，就要花钱找人打一顿。"

"为什么？"

"他的皮，太僵了。"

我没撒谎，牛娃叔就喜欢找打。

据说，他身上的血液流不动了，像泥浆一样堵在血管里。他的脸，苍白如纸。他的身体，却沉重得像压了巨石。他的手，连一双筷子都举不起来了。于是，他动不动就去村医那里找打。

村医的两只大手像一对乒乓球拍，硕大、坚硬、长满厚茧。他挥动这双大手，把牛娃叔扇得哇哇怪叫。从头顶，一直扇到脚板，直扇得他满脸通红，浑身大汗淋漓，嘴里叫唤着："哎妈呀！哎妈呀！"

牛娃叔找打前后的表现是完全不同的。

找打前，他总是拄着拐杖颤巍巍地挪着小碎步，好像随时都会跌倒在地一命呜呼。

被打后，他就欢蹦乱跳了，把街上的疯狗撵得到处乱跑。

"真的吗？我不信。"桂花摇头。

"真的，他被打过后，身上的死血就变成了活血。"

桂花仍然一脸疑惑地看着我。

"快把你的生辰八字告诉我，我给你看看。十有八九，你真是童子命。"我催促桂花。

"你又不是满娃子，你不会算。"

"满娃子……他教我呀，他可是我最好的朋友。"

"满娃子，真的被雷劈过吗？"桂花对满娃子充满好奇。

"那当然，不只劈过，还劈过两次呢。"

这事我没撒谎，满娃子被雷劈的事，我记得清清楚楚。

那是他上小学三年级的时候，有一天，我们正在教室里上语文课。突然，乌云密布、闷雷滚滚，教室里暗黑如夜晚，我连课本上的字都看不见了。

"一道闪电划过黑暗，像惊龙把天幕撕开一条口子，这金龙璀璨耀眼，瞬间从天而降，它从窗户飞了进来，径直扑向我，我被一个燃烧的火球罩住了，紧接着轰的一声巨响……我就被雷劈了……"

"是满娃子……被雷劈了吧？"桂花打断我。

"啊，是……满娃子。"我一怔，支吾着答道。

突然，斜刺里闪出一道黑影，直扑我而来，我还来不及反应，有一个人已站到我面前，对着我的脑袋就扇了一巴掌。

"装！你个龟儿，神戳戳的，还装！看老子撕下你娃儿的画皮，要你好看。"来人冲我破口大骂。

竟然是米娜。她突然从天而降。

"你个不要脸的瓜娃子，靠墙墙倒，靠鬼鬼跑，靠狗狗咬。搞了半天，原来你娃就是那个童子命的满娃子。"米娜戳着我的胸口，骂道。

"你……别乱说啊！"我大惊失色。

"你龟儿就坦白嘛，你妈老汉都告诉我了，求我不要跟你分手，好歹给你家留个一男半女。你个哈皮，孤苦伶仃、六亲无靠的倒霉蛋，老子被你骗惨喽！"

"你……就是满娃子？"桂花惊诧地问道。

我被突然揭穿，大脑顿时一片空白。

"幺儿，你可怜得很哪，我就牺牲一下嘛，总不能让你家绝后。"米娜拉住我的胳膊，怜爱地说道。

"你用不着可怜我，咱俩……已经分了。"我嘀咕着。

"妈哟，老子是猫抓糍粑，脱不了爪爪啦。幺儿，没有我，你啷个活嘛！"

"别幺儿，幺儿的，我又不是你儿子，只有我妈才这样叫我。"

"幺儿，你晓得不？我这是可怜你，想保护你嘛。"

"我不需要可怜，任何人的可怜，我都不需要！"这个女人实在太烦人了，我凶巴巴地嚷道。

"你个砍脑壳的，一会儿刘方正，一会儿满娃子，你还打算演到啥子时候哟！"米娜顿足。

我下意识地瞄了桂花一眼，她呆呆地站在原地，好像她也被雷劈了。

米娜看看桂花，终于意识到了她的存在。她走上前，重重一拍桂花的肩膀，说道："妹儿嘞，没你啥事了，这个龟儿，我要收回喽。"

桂花愣了愣，慢吞吞地转过身，走了。

不知道她是反应迟钝，还是不想轻易退场。

桂花走后，米娜告诉我，她躲在不远处一棵树下好久了，眼看着我跟新欢叽叽歪歪，随时可能把生米做成熟饭，她实在是忍无可忍了。

这个瓜婆娘，作为一名前任，管的实在太多。

米娜追问我为什么要隐瞒童子命的事，我觉得她很蠢，这还用问吗。因为我害怕。我怕所有的人都会笑我，鄙视我，远离我。谁会愿意跟一个短命之人谈恋爱，干事业，交朋友呢？！

米娜谴责我不大气，作为一个老爷们，遮遮掩掩的，才导致我俩走到今天的下场。

"你大气，你坦荡，你那伤心乳头的事，不也瞒着我！"我抢白她。

"你龟儿莫要神扯鬼扯，眼前，只整顿你的作风问题。你娃就是个脑壳少包的憨皮。你晓得不？你妈老汉跟我讲了你的童子命，我立马就冒充电视台的记者，潜伏进了一家幼儿园。”

“你要干什么？”我紧张起来。

“我还潜伏进了一家养老院。”

“你莫要连累无辜，报复社会，我不值得！”我连连摇头，这个二货，一烧香，准会惹出鬼来。

“你个龟儿，老子全都是为了你。我分析了一百个小娃儿的生辰八字。打听了一百个老人洒狗血的人生故事。按照你那‘春秋寅子贵，冬夏卯未辰……’的口诀，一一对照下来，你猜怎样？他妈哟，不是童子命的，竟然没剩几个喽。”

“……不会吧。”我半信半疑。

“幺儿，你以为这就完了？”

“那还能怎样。”

“像我这种爱探索科学的女娃儿，当然没得完。我又蹿到观音桥步行街，研究了一百棵黄桷树，有了重大发现。”

“树也被雷劈了？”

“我的乖乖，竟然每一棵树，都有疤癞眼。”她摸摸我的头。

呵呵，我知道米娜有点二，没想到离开我的日子，已经二得如此严重了。

“幺儿，你晓得不，一棵树都会遭受磨难，况且一个大活人。”米娜抓住我的手，坚定地说，“站起活，躺倒埋，让童子命见鬼去吧。”

你的名字

第二天，一大早，我去找成坤，我对那 300 万已不抱幻想，但我希望揭开谜底：我和成坤的儿子成志远，到底是什么关系？

敲开门的时候，迎接我的正是志远，好像他已等待多时。

"阿龙就是黑猪。"志远直截了当地告诉我。

"啊……怎么会呢。"我大吃一惊。

"他已经跑了，偷走了几件玉石和手表，变卖一下，该有上百万，够他生活了。"

志远的淡定令我惊奇，亦十分愤怒，这个"黑猪"把我耍得团团转，我尚未跟他正面交锋，他却一走了之！"为什么不报警？应该把他抓回来。"

志远摇摇头说："随他去吧。"

他告诉我，阿龙跟随成坤多年，深得信任，他了解成家的很多秘密，他想联合我敲诈成坤，眼见计谋破灭，索性偷了一些东西，连夜逃走了。

原来阿龙就是"黑猪"啊！

果然，我没看错。脑后见腮，必属阴胎，是个阴险的家伙。

"可是，阿龙为什么要勾结我呢？难道我的额头写着'愚蠢'两个字。"我愤愤不平。

志远没说话，他走到写字台前，打开一个牛皮纸文件袋，递给我。

我疑惑地打开袋子，拿出里面的东西，竟然是我的个人档案。有我的身份证、毕业证，还有一些纸质材料，上面写着我的名字：刘方正。

可是，这些东西，明明又不是我的。

那上面写着我的名字，照片上的人却并不是我！那是另外的一个人，白皙、清秀、瘦弱。他是……谁？

我再仔细看那身份证和毕业证，的确是我的名字，身份证号码也是我的，连家庭住址也准确无误。但是，照片上的人，真的不是我，而且我从未读过北京大学。

那座蜚声世界的伟大学府，我曾经梦想过它，但事实证明那是癞蛤蟆想吃天鹅肉，作为一个技校生，我想的实在过于远大，远大到我和我父亲一度成为一个笑料。

我还记得高考成绩发布的那天，我的父亲"老阴天"关起门来把我毒打了一顿，打断了好几条木头衣架。他边打边骂："你不是学习好吗？你不是能上北大吗？你咋考了这么个尿样！"

就是在那天，我一推窗户，从三楼跳了下去。

是时候了。真的该走了。我等这天已太久。

是时候了。我必须承认，我就是那个童子命的满娃子。

我从来就没有一个叫满娃子的朋友，我哪有那么倒霉的朋友，我哪有那么贴心的朋友，我总是很孤单，又假装不在乎。

我哪有那么坚强，我总是在白天微笑，在夜晚痛哭。

我，就是一个惶惶不可终日随时准备迎接悲剧的失败者。

作为一名童子，在这人世间，我已受过太多的惩罚。我的眼睛，不想再看见这人世的艰辛。我的心，也不想再感受这人世的沧桑。

可是，这并不是最后的结局。

当我从楼上一跃而下时，一棵黄桷树阻挡了我的飞翔，我从那些枝条间辗转穿过，落在雨后的泥地上，像一只刚从土里拱出来的鲜红的毒蘑菇。

……

"你能认出来吗？这个人，是我。"

我抬头看着说话的成志远，他打断了我的思路，我并不明白他在说什么。

"照片上的人是我。我就是刘方正。"

我看着他的脸，黧黑、粗糙、线条坚硬，腮边的络腮胡子，使他显得狂野而落拓。他跟照片上那个青涩的少年完全不同。

"我是刘方正，我也是成志远。十年前，你考上了最好的大学，是成坤动了手脚，用我冒名顶替了你。我以你的名字上学，以你的名字生活，以你的名字在这个世界上行尸走肉、担惊受怕……"他声音恍惚。

我抛开手里的东西，扑过去，双手紧紧掐住了成志远的脖子。

我们一起跌倒在地，我的大脑一片空白，我什么都不知道了，我只想杀死眼前这个人，他是我不共戴天的仇敌。我要杀死他，碎尸万段、永不复生。

我抱住他在地板上翻滚，我用尽所有的力气，掐住他的脖子，我变成一颗引爆的炸弹，我要和他，同归于尽，化成粉末！

"对不起……"他挣扎着，并不还手，只是艰难地在说，"……对不起……"

我看见他的眼睛，黑色的瞳孔饱含巨大忧伤，如幽深的河流，将我吸附、吞噬，有泪水从他眼睛里汩汩涌出。

我盯着这眼睛，盯着这巨大的悲伤，我想消灭这悲伤，却被它猝然击中。

我啜泣起来，他悲伤地看着我，我软软地掐着他的脖子，泪水流得我满脸都是。

我们就这样躺在地上，心力交瘁地默默流着各自的眼泪。

有几个人冲过来，他们试图将我俩拉开，我使劲箍住成志远的脖子不放，好像他是我不可分割的一部分。

　　嘭，一声巨响，我感觉后脑勺被重重一击，脑浆如豆腐花般四散飞溅，我陷入无边的混沌……

　　再次醒过来时，我看见自己躺在地上，身边是破碎的瓷器碎片。

　　成志远跪在地上，正包扎我头上的伤口。他与人合力将我抬到沙发上。

　　我半倚半躺着，看着眼前的人逐渐清晰：成坤，成志远，这一对罪恶的父子，正沉默地看着我。

　　我长长嘘出一口气，终于明白了事情的缘由。

　　"做个交易吧。"成坤靠在沙发里，喘息着说道。他苍老了很多，似在一夜之间，被魑魅魍魉吞噬了魂魄。

　　我漠然地看着他，看着这个将死之人，如何继续作恶。

　　"给你 300 万，你改名字。"

　　"我的名字，那么值钱？"我冷笑。

　　"对你，很划算。"

　　"如果我不呢？"

　　"穷——人，果然愚蠢。"他咬着牙。

　　"因为爱自己的孩子，就要伤害别人的孩子吗？"我质问道。

　　成坤剧烈咳嗽起来，他指着我，却浑身颤抖着，说不出话来。

　　我哈哈笑起来："可喜可贺！老贼，你的孩子，他终于受到惩罚。他不敢承认是成志远，更不敢承认是刘方正。他每时每刻都在害怕，害怕被人揭开真面目，他只敢躲进洞穴里，像野兽一样生活。这是你的报应！报应啊！"我双手抱住受伤的脑袋，防止它因为激动而裂开。

"我的孩子，被你毁了！彻底……毁了！"成坤声嘶力竭冲我嚷道。

"不！所有这一切，都拜你所赐。"成志远转向他的父亲。

"孩子，我都是为你好，回到我身边来。"

"不！我喜欢洞穴。在黑暗中，我能看到妈妈。"

我暗自呼出一口气，我没看错，眼前的成志远，貌似强大、粗犷，在他坚硬的外壳里，却仍然住着那个四岁的小男孩。他守着妈妈的尸体，瑟缩在黑暗中，独自等待天明。

"好多个夜晚，在黑暗中，我说，妈妈，给我托个梦吧。可是……她一次都没有来。"成志远喃喃说道。

成坤瞥了儿子一眼，眼神尖锐。

……

短暂的沉默之后，成坤突然爆发，他指着我咆哮道："贱人，是你！是你！毁了我儿子……"他怒目圆睁，蜷起的身子剧烈咳嗽，一口鲜血从他嘴里喷出来，开在白色大理石地面上，如诡异的花朵，醒目而惊悚。

成坤脑袋一歪，缓缓倒在沙发上。

成志远默默上前，扶住了奄奄待毙的成坤。成坤闭着眼睛，脑袋靠在儿子怀里，死死抓住儿子的手。

成志远垂着头，神情木然而悲凉。

我记得，成志远说过："我恨他。可是，我却由他而生，从他而来。"

两天后，成坤死了。

死讯是成志远电话通知我的。

傍晚时分，我和桂花赶到见面地点时，成志远已经到了。

他说："你我之间，该做个了断。"

暮色幽暗，他坐在街角一条长椅上，神情平静，或者呆滞。

我想说点什么，可是说什么都没有意义。不管我是悲是喜，是仇是恨，反正，他的父亲已经死了。

成志远把一串念珠递给我，珠子在夜色里泛着诡异的光泽。

我认出来了。这串紫檀念珠，是成坤的。

我第一次看见成坤时，这珠子就绕在他的手腕间，现在他死了，这串珠子还在。我没有接。

"他说，给你做个念想。"成志远固执地举着珠子。

我哂笑，老家伙是想让我终生被噩梦缠绕吗。

"收下吧，他已得到惩罚。"成志远轻声说道。

我接过了珠子，只觉手心一沉。这礼物，有些无法承受之重。

"你呢？是要回去继承家业了吗？"我看着他凌乱的头发与络腮胡子，转移了话题。不知他剪掉头发和胡须后，会是什么样子。

"处理完后事，我就回十二背后去。"他口气淡漠。

我和桂花对视，交流一下诡异的眼神。桂花眼神闪烁，似有话说，但是这个笨拙的人，终究是一句话都没有说出来。

"虎子想我了。它不能离开我。"

虎子？我愣一下，想到了那只狼，它总是亦步亦趋地跟在他的身后。"你是说那只狼吗？"

"对。他叫虎子。"

"你怎么认识这只狼的？"

我早就想问问成志远了，狼是最凶残狡猾的家伙，它们拒绝驯养，拒绝亲近。对人类始终怀有一颗"狼子野心"。若不信，你分析一下这"狼"字，"狼"字当头一把刀啊！

他跟那头狼怎会如此亲密呢？

关于那只叫虎子的狼，成志远是这样跟我说的：几年前的一个深秋，有一只母狼刚生下一窝小狼崽子，猎人知道后，想把它的老窝给端了。母狼为了保护她的孩子，故意引开了猎人。

那群小狼饿得嗷嗷待哺，公狼到处寻找母狼，后来发现母狼已被打死，她的皮被剥下来挂在了一棵树上。公狼在那棵树下哀嚎了两天两夜，然后吃下了猎人用来毒黄鼬子的诱饵，自杀而死。

公狼真的是自杀吗？

我好奇地追问成志远。他肯定地告诉我，绝对是自杀。因为那诱饵拌了剧毒，连黄鼬子都能闻出来，灵敏的公狼却毫不犹豫地吃了下去。他说狼是用情很深的动物，它们冷酷孤绝，睚眦必报，会为了复仇而血洗村庄，也会为了配偶殉情。

我长叹一声，无情，皆因情深！

成志远向猎人打听那窝小狼的情况，猎人说他没有找到狼窝，没有成年狼喂养，那群小狼恐怕早就饿死了。

成志远心里一直放不下这件事，他在山林中寻找那窝被遗弃的小狼，两天时间过去了，一无所获。

他不甘心，就算是死了，他也要找到尸体。情急之下，他竟然发出了狼的嗥叫，就像母狼呼唤孩子那样，呜……呜……焦虑中，带着悲鸣。

后来，在一丛岩石的缝隙中，他听到了微弱的嘶鸣，果然是那窝小狼。

有几只小狼已死去多时，剩下唯一的那只躺在兄弟的尸体旁瑟瑟发抖，它甚至没有力气睁开眼睛。

成志远把小狼贴身放在胸口，用自己的肌肤温暖它冰冷的身体。小狼闭着眼睛拱在他的胸前，像委屈的婴儿趴在母亲的怀里，喃喃悲鸣。

他掩埋了小狼的兄弟姊妹，下山买了奶粉、奶瓶，还有注射器。他把奶粉泡好后，装进注射器，通过一根细细的针管喂养这只小狼。

小狼吃饱了睡，睡够了，继续吃。每时每刻都用小爪子抱住他，生怕他走掉了。

成志远抚摸小狼的身体，轻声细语地跟它说话，给它起名叫虎子。

十天过后，小狼终于睁开了眼睛，它变得活泼好动，在他胸脯上打滚，用毛茸茸的小爪子在他胸口拍来拍去。

他说，很多年来，自己不曾跟活着的生命如此贴近，如此亲密无间。他们像一对深情的父子，在草地上嬉笑、翻滚打闹。也在山林间玩躲猫猫，小狼因为害怕失去他而惊慌无措，当他突然出现，小狼像走失的孩子向他狂奔而来，在他怀里撒娇，用脑袋使劲拱他的脸。他抱住小狼，恣睢欢畅地笑着，在那一刻，他的热泪汩汩流淌，无法遏止。

"原来是你救了它。"我感叹。

"不！是它救了我。"成志远纠正道。他说在遇到虎子之前，他觉得人间不值得，没有任何牵挂与羁绊，他随时随地都可以离开，跳进十二背后的深潭，或者某处山涧，就此消失得无影无踪。

但是，自从有了虎子，他开始留恋人间。

他与虎子，朝夕相处、相濡以沫。那一只年轻的小狼，活泼好动，对世界充满好奇，对他充满信赖。他们之间，不只是精神上的依恋，更是生活中彼此的依靠。

　　成志远告诉我们，有一次他在洞内探险，不慎摔倒，在洞里昏迷了两天两夜。醒过来时，虎子就守在他的身边，不停地用舌头舔他的脸，身边还放着它找来的食物，有野兔、狐狸、浆果、蝗虫。

　　一人，一狼，就这样相依为命地活下来。

　　渴饮山泉，饥食野果，日沐阳光，夜宿洞穴。

　　"还是下山吧，你不可能逃避一辈子。"我虽然对他仍心怀怨恨，但事已至此，恨又有什么用呢！

　　他摇摇头说道："一开始，我确实只想逃避，但后来，我是真心爱上了洞穴探险。"

　　"这有什么好爱的？人总要生活在阳光下。"我想他一定没有说真话。

　　"你不懂，我的快乐，你们不懂。"

　　"快乐？呵呵，只有恐惧和孤独吧。"

　　"我在溶洞里发现了犀牛化石，还有大熊猫化石。前几天，我还看见一只飞猫。"他的眼神在黑暗中闪闪发亮。

　　"可是，那……又怎样呢？"我不以为然。

　　"一只飞猫呀！"他兴奋地提高声音，"当时那飞猫正扇动翅膀在石崖上滑行，虎子看见了，就冲它狂叫，它一慌，一头撞到石头上，摔伤了，我给它医治了伤口。"

　　"飞猫，它长着一张猫脸，还有能飞翔的翅膀。对吗？"我似乎在哪部悬疑剧里看到过。它总是跟恐怖杀人案有关。

　　"是的，飞猫也叫'天使猫'，学名'复齿鼯鼠'。它的四肢和腹部有皮相连，展开时就像翅膀，可以在森林里飞行，也可以在悬崖上滑翔。对于这个神秘的物种，人类目前了解的并不多。它被列入《世界自然保护联盟》（IUCN）2013 年濒危物种红色名录ver3.1——易危（VU）……"

他如数家珍，我却毫无兴致，我更关心活着的人。

我碰碰桂花，希望这个哑巴能说句话。

可是她毫无反应，她直愣愣地看着成志远，好像她的魂魄已离开，只剩一具肉身留在这里。

唉，这个无趣的人呀。

成志远兀自说下去：当你置身无边黑暗的洞穴中，你感受到宇宙天地巨大的虚无，那些白骨、朽烂的枯木、亿年的化石，渐次复活，它们将人类进化的秘密一幕幕地上演。

时间犹如广阔的河流，奔流不息，静止是相对的，而变化则是永恒的。

一个人，一座山峰，一条河流，一棵树木，一株杂草，一枚野果，诸如宇宙中任何的物体，每一分，每一秒，都跟前一秒不同，也跟后一秒不同。

山峰是你，河流是你，青草是你，那枚风干的野果，也是你……

他满怀深情地说着。

夜色迷离，街灯朦胧如瞌睡的眼睛。

大街上，熙熙攘攘的人流稀落了，偶有夜行人匆匆走过。

深夜的十字路口，空旷、寂寥、惑魅，像一张巨大的罗网，诡异却无法挣脱。

这是黑夜与黎明交割时，这也是阴阳两界交接地。

成志远点燃一堆冥纸，突兀的火光在夜里闪烁，如鬼火摇曳。

桂花蹲下身子，拿起一沓冥纸放进燃烧的火堆，火势跳了一下，烧得更旺了。

成志远打开肩上的大背包，把里面的东西倒在地上，借着月光，我看清了，那是他的身份证、毕业证和档案。

我蹲下身子，拿起它们看着。

或者，这些东西不是他的，是我的。是的，这些都是我的，因为上面写着我的名字。

不！这不是我的！也不是他的！这些东西，属于罪恶，属于贪婪。

我把这些档案资料扔进火堆，写满字迹的纸张瞬间化成灰烬。成志远把身份证和毕业证也扔进火中，火苗迅速舔舐着成志远的脸和"刘方正"三个字，它们扭曲、变形，剧烈地挣扎，如被揭开封印的鬼怪，化为一股黑色的浓烟从火堆中冲出来，飘上半空……

咯咯咯，突然，一阵孩童的笑声传来。

夜色里，诡异、突兀、惊心动魄。

我们不约而同地抬头望去，就在不远处的路灯下，有一对年轻的父子。小儿1岁左右，白胖松软，刚学会走路的样子。他挓挲着两只小手倒倒歪歪地走着，边走边咯咯大笑。他的父亲紧跟其后，紧张地伸出两手保护着。

猝不及防间，孩子身体一歪，眼看就要摔倒，就在孩子将倒未倒之际，父亲一把将孩子抄起来，抱在怀里。

父子俩因为化险为夷而开心地大笑，孩子坐在父亲的肩膀上，两人开怀大笑。

我努力睁大眼睛，透过黑色的烟雾，看着那对父子的脸，看着他们脸上的笑容。恍惚间，那父亲的脸变为我父亲"老阴天"的脸，再恍惚间，又变为成志远父亲"老贼"的脸。

我愣着，茫然地看向那燃烧的火焰，它转瞬熄灭，变成灰烬。

一大团灰烬盘踞在地面上，轻轻颤抖，如黑色的蝴蝶。

一阵微风袭来，无数的黑蝴蝶飞起来，随风舞动，有几只执着地缠住我，我挥手驱赶，它们惊慌四散。

我看着这些"黑蝴蝶"，似乎看着我的游魂，正离我而去。一时间，内心空空如也。

成志远伸手捉住一只"黑蝴蝶"，拢在掌心。他说："一场大火，真干净啊！刘方正，你自由了。我也自由了。我们再也不用捆绑在一起。"

我默默地看着他，就像看着我自己。我想起那天在山上我说过的话"不管你做过什么，我都不恨你"。

我真的不恨吗？

我不知道。

我伸出双手，握住他的肩膀，用尽我所有的力气。

我们站得如此切近，月光朦胧，他的眼中有某种东西闪闪发亮，像黑暗河流上的闪光。

我感受到了：那应该是爱，爱躲在仇恨背后，等待一股力量将它释放出来。

他突然紧紧地拥抱住了我。在那一瞬间，我感受到了深深的忧伤。

我的忧伤。他的忧伤。

而我们，都是被忧伤之海包围的孤岛，孤立寡与，无处倾诉，却在最浩瀚的海底，秘密连接。

路灯下，成志远的身影渐渐远去。

我听见他呼唤自己的名字："成——志——远，成——志——远，我是成——志——远！"

他低唤着自己的名字，每一座楼房，每一条道路，每一棵树，每一朵花，每一粒沙尘，应该都听到了他的声音。卑微，却又笃定。

他不再是谁的替身，他是他自己。他来自江河湖海，日月山川，他是唯一，他是意义。他在夜色里呼唤自己，把走失的灵魂找回来……

桂花直挺挺地站在原地，她看着成志远的背影，沉默不语。

这个愚钝的人，自始至终，一句安慰的话都说不出来。

一阵风来，桂花的身子晃动了一下，似乎她是被风吹落的一片叶子。她慢慢蹲下身子，低下了头，我看见她的身体在轻轻颤抖。

也许她哭了，我不能确定。

是该了断的时候了。我去找米娜话别。

米娜这次回来，我们并没有住在一起，我给她单独开了房间。我知道，有些事情，已经发生了重要改变。

"米娜，你走吧，不用挽救我，也不用可怜我。"

"没有我，你活不下去。"她是真诚的。

"我可以，其实每个人，都可以。"

"你还相信童子命吗？"

"我窃活人世已久，应该知足。"

"刘方正，你是拿命爱过我的。你就那么绝情，说断就断。"米娜眼睛里开始起雾。

"曾经的一切，都是真的。可是，过去了，就不算了。"

米娜哭了，哽咽着说道："你变了。你跟以前不一样了。你变得铁石心肠。我以为，只要我回来……任何时候，你都会要我……"

我想伸手替她擦一擦眼泪，就像以前我无数次做过的那样。但我忍住了，我不再是以前的我，所以，我也不能再做以前做过的事。

我把双手背到身后。

米娜扑上来，紧紧地拥抱我，把她的眼泪擦在我的脸上。她咬着我的脸颊，咬得很疼，诅咒般地说："你会想我的，就算，你跟别的女人结婚，你想的，还是我。"

我推开她，夺门而去。

我在门外默默地站了一会儿，她说的是真的，我会想她，在很多猝不及防的时刻。

但是，也就这样吧。

从此，我与我爱过的女人，将天涯陌路。

曾经，我发誓，她是我永远的爱人。她是我一世的情缘。如果不是她，就没有我，为了可以在世间爱她，我愿意拿命换。

然而，都过去了。都不算了。

不知道冥冥之中是谁的手在操控这一切，如何开始？又将如何结束？

想起一首诗：

听闻爱情，十有九伤；听闻结果，没有你我；听闻誓言，十有九荒；听闻后来，路人你我……

我咬住嘴唇，闻到了一股血腥味。

请叫我王桂花

十二背后的故事，似乎该结束了。

而我的故事，也许刚刚开始。

在离开客栈前，我去找桂花。

桂花是个好姑娘，她温良恭俭，勤劳能干。娶进门来，必定生儿育女，相夫教子。哪怕她心情不好，也一定热饭热汤让我吃饱喝足。就算我心情不好，斥骂几声，她也必定不会还嘴。

这样的老婆人选，世上所剩无几。我必须珍惜。

桂花不在。

客栈前台值班的是一个瘦猴似的女孩，一笑满脸褶子。

"桂花辞职了。"瘦女孩说道。

"为什么？"我一怔，这么大的事，她竟然没有跟我提起过。

"桂花说，她要开始新生活。"女孩一脸向往。

新生活？相当诱人的字眼。

"刘方正。"身后有人叫我的名字。我回过头，看见一个陌生女人向我走过来。

是个摩登女郎。

她一身黑色打扮，黑色连衣短裙，配高跟鞋，性感黑丝裹住的玉腿若隐若现，烈焰红唇，烟熏妆，大波浪卷发，散发着难以抵挡的风情。

她是谁？这个迷人的女郎。

"刘方正。"女郎再次开口，十寸高的鞋跟嗒嗒敲击着地面，像子弹密集地击中我。

"我是王桂花。"那女郎站在我面前。

我下意识地扶住柜台，站稳。

这个女郎，不，自称桂花的这个女人，她站得笔直，歪头看着我，三分凉薄，五分淡漠，她大胆地直视着我的眼睛，就像宫斗剧中黑化后的女主，一改往日的唯唯诺诺，突然气场全开。

难道……我的桂花，已改名叫"钮祜禄·花"了吗？

"我们，走吧。"桂花说道。

"我们"，她说的是"我们"。我心里涌起一股温暖，原来桂花辞职，就是为了跟我一起开始新生活。

我就知道，桂花心里有我。

可是，那个傻笨丑的桂花突然变成这样，真的好吗？

当然，怎么就不好了，难道穷人就不配拥有一个性感尤物做老婆吗？谁规定美女只能嫁给亿万富翁？谁规定穷人只能搭配糟糠之妻？

况且，我的桂花，妖艳的只是外表，美丽的却是心灵。

完美！完美得简直令我热泪盈眶！

我跟在桂花身后，来到客栈门前那片荷花池边坐下。

荷叶翻滚，暗香浮动。桂花看着池中摇曳的荷花叶子，沉思不语。

我想起不久前她光脚在淤泥中帮我捞手机的情形，手上、脸上沾满黑色的淤泥，也顾不得擦一擦。那么傻，那么单纯，那么一根筋。那时，她一定就喜欢我了。

"桂花，我曾经告诉你满娃子的故事，还记得吗？"

她点头，不看我，只看着那些荷花。

"你说过要请满娃子吃桂花宴，还记得吧？"

桂花再次点头。

"我就是满娃子。对此，你能接受吗？"

桂花又一次点头。

桂花的反应，我很满意。虽然她摇身一变拥有了盛世美颜，可她仍然是我熟悉的那个丫头，人傻，话不多。

"带我去你家吧，桂花，我想去看看你妈妈，我想帮她种很多很多向日葵，我还想吃你做的桂花宴。"

桂花不看那些荷花了，她转过脸，看着我。

"我爱上了一个人。"桂花轻轻说道。

"我知道。"我扭捏了一下，内心是甜蜜的。

"你不知道。"

"桂花，从此，我们开始新生活。"我说出了我的承诺，我是认真的。

"下半生，我要和他在一起。"她平静却笃定。

"我知道。"

"你不知道。"

我觉得桂花真的不一样了，她变得有点调皮，故意在逗我。

"你什么时候开始爱的？"我微笑着看她。

"在山洞，他给我脚上抹红花油。"

"在山洞？我……我没做过这样的事。"我一愣，疑惑地看着她。

"是成志远。"她紧紧盯着我的眼睛。

"不可能！这绝不可能。"我叫起来，我觉得她肯定是疯了。

"当时，我也不知道。"她口气淡淡的。

"……那你什么时候知道的？"

"后来，他给你讲他的故事，说他爸是个混蛋，他和死去的妈妈在屋里待了三天，他很害怕，一直在哭泣，那时，我就知道了。"

"那天，在山上偷听的人……是你？"我大惊。

"是我。"

"这是同情，不是爱情！"我恼羞成怒。

"不，这是爱。"

"愚蠢！你只是可怜他。"

"没有爱，哪有怜。本质上，我和他是一样的人。孤独，渴望同类。"

"你疯了吗？你到底想干什么？"我简直怒不可遏。

"我想让他刮掉胡子，剪短长发。他的脸，一定很好看。"桂花仰起脸，看着远处，轻轻笑了。

她厚重的刘海儿滑向一侧，露出额头那条醒目的疤痕，像一条蛰伏的蜈蚣，正慢慢复活。

"刘方正，再告诉你一个秘密。"桂花把一封信推到我面前。她站起来，俯身靠近我，一字一顿说道："我就是'黑猪'！"

她走了。

"我就是'黑猪'！"只剩下这句话，在我耳边铮铮作响。

黄昏悄然降临，我独自坐在荷花池边。

我闭上眼睛，抚摸着手腕上的那串念珠。对，就是仇敌成坤送我的那串念珠，不知何时，我已经把它戴在了手腕上。

一颗，一颗，数过去，十二颗珠子，不多不少，刚刚好。

十二颗佛珠，表征佛教的十二因缘。"因"为种因，好比种子；"缘"为助缘，如阳光雨露。所谓"十二因缘"，又作"二六之缘"、"十二支缘起"、"十二因缘起"、"十二缘起"、"十二缘生"、"十二缘心"和"十二因生"，即构成有情众生生存的十二种条件，也是佛教基本教义之一。

若按照《中阿含经》所说，即：（1）无明；（2）行；（3）识；（4）名色；（5）六入；（6）触；（7）受；（8）爱；（9）取；（10）有；（11）生；（12）老死。

世间一切有情众生，都逃不开这十二因缘吧。

我曾读过《大悲咒》，读过《金刚经》，也读过《中阿含经》，旋读旋忘，颠顶混沌。一念天堂，一念地狱。

未开智，亦不曾破迷。

无他，皆因我执深重！

坐在十二背后这片几千年的莽莽原始山林中，我打开了桂花留下的那封信：

刘方正：

还记得我额头那条伤疤吗？

你说它真丑！你说我真可怜。你说你是我的朋友，你要帮我去韩国做整容。你那么友善，你那么慈悲，我都差点忘了，你，就是那个始作俑者。

想一想，你仔细地想一想，16年前，当那个可怜的女孩站在教室门前的台阶上，不正是你把她推了下去吗？然后，你们站在台阶上，一起看着倒在地上的她哈哈大笑。

你们笑得那么开心，眉飞色舞、天真无邪。那欢乐的笑声至今还在我的耳边回响，每夜每夜，把我从梦中惊醒。

想不起来是吗？一次都想不起来，是吗？

你们把她的辫子绑在凳子上，把她的鞋子扔进水渠里，把她的作业撕下来折成纸飞机，把死老鼠放进她的桌洞里……

太多，太多了。每一次，她都没有让你们失望，她总是给你们带来快乐！

我真的希望你能想起来，你能认出我，哪怕就想起一点点，我都会收手。我提醒过你很多次，我给你讲我的故事，给你看我额头的伤疤，告诉你我的名字叫王桂花。这个被你们嘲笑了无数次的名字，我从未改过。

可是，太遗憾了，你终究还是什么都没有想起来，你只记得你是满娃子，全世界都对不起你。

我没有朋友，我也不属于任何圈子。天地很大，我却只有我自己。

其实，我不想这样。所以我偷偷潜入了校园吧里，我把上面的小学毕业照复制下来，放大了，存在电脑里，每天看着，一个一个地说出你们的名字，回想着曾经发生的那些事情。

我想，也许某一天，你们中的某个人会想起我，会寻找我，那我一定会不顾一切地跑去见你们，就好像你们从没欺负过我，我也从未怨恨过你们。

很多年了，我就这样期待着。

突然有一天，我的梦想实现了。我在双河客栈看到了我们的同班同学成志远。是他，肯定是他。这张脸，我看过无数次，永远眉头紧锁，永远郁郁寡欢。他和小时候一样，眼神淡漠，独来独往。

我一眼就认出了他，然而他没有认出我。

他在前台登记时，把身份证递给我，上面的名字叫刘方正，家庭地址是重庆一个城郊接合处的廉价住宅区。我非常惊讶，根据我从同学圈里获得的消息，他是一个超级富二代，目前定居美国，娶了洋妞，住在城堡一样的豪宅里，有豪华游艇和私人飞机。

所以，他跟任何小学同学都没有往来。他是一个神话，活在云端里。供我们这些凡人仰望和想象。

可是，他怎么会出现在双河客栈？而且名叫刘方正？

我忍不住追查下去，好奇没有害死我，却为我打开了一扇大门，门里藏着一个不为人知的秘密。

那就是：成坤用儿子成志远的名义取代了你的高考成绩，从而篡改了你的人生。

……后边发生的一切，你都知道了。

很遗憾，刘方正，分别多年，我们以这样的方式见面。

对了，我为什么要叫"黑猪"？你还是没有想起来，对吗？

其实，这名字，正是拜你所赐。当时，全班同学都这样叫我。每叫一次，你们就爆发出疯狂的大笑。

就这样吧，不祝福你什么了。

请叫我王桂花

全文完

图书在版编目（CIP）数据

十二背后 / 宋潇凌著. -- 北京：作家出版社，2023.9
ISBN 978 - 7 - 5212 - 2329 - 3

Ⅰ.①十… Ⅱ.①宋… Ⅲ.①长篇小说 - 中国 - 当代
Ⅳ.①I247.5

中国国家版本馆 CIP 数据核字（2023）第 097827 号

十二背后

作　　者：宋潇凌
责任编辑：田小爽
封面设计：李　一
出版发行：作家出版社有限公司
社　　址：北京农展馆南里 10 号　　邮　　编：100125
电话传真：86 - 10 - 65067186（发行中心及邮购部）
　　　　　86 - 10 - 65004079（总编室）
E - mail: zuojia@zuojia. net. cn
http: // www. zuojiachubanshe. com
印　　刷：河北鹏润印刷有限公司
成品尺寸：145 × 210
字　　数：198 千
印　　张：8.5
版　　次：2023 年 9 月第 1 版
印　　次：2023 年 9 月第 1 次印刷
ISBN 978 - 7 - 5212 - 2329 - 3
定　　价：68.00 元